中国好美文

味蕾深处是故乡

刘香河 著

内蒙古文化出版社

图书在版编目（CIP）数据

味蕾深处是故乡 / 刘香河著 . — 呼伦贝尔 : 内蒙古文化出版社，2023.3

（中国好美文）

ISBN 978-7-5521-2190-2

Ⅰ . ①味… Ⅱ . ①刘… Ⅲ . ①散文集—中国—当代 Ⅳ . ① I267

中国版本图书馆 CIP 数据核字（2022）第 234739 号

味蕾深处是故乡

WEILEI SHENCHU SHI GUXIANG

刘香河　著

责任编辑	白　鹭	
封面设计	徐儒弟	

出版发行　内蒙古文化出版社

地　　址　呼伦贝尔市海拉尔区河东新春街4 - 3号

直销热线　0470 - 8241422　　邮编　021008

排版制作　北京鸿儒文轩文化传播有限公司

印刷装订　三河市华东印刷有限公司

开　　本　880mm × 1230mm　1/32

字　　数　112千

印　　张　5.5

版　　次　2023年3月第1版

印　　次　2023年5月第1次印刷

书　　号　ISBN 978-7-5521-2190-2

定　　价　45.00元

目 录

民间的情感 / 001

水底的悠游 / 040

旷野的精灵 / 074

风中的摇曳 / 087

唤醒儿时的味蕾 / 111

那时，我们的农家菜地 / 123

弥漫在生命年轮里 / 157

民间的情感

一

写下"煮干丝"这样的题目，似乎有点儿不合时宜。为何也？现在做这类文章，几乎无一例外，在前面都要加一个"大"字。这"大煮干丝"似乎才够分量，够气派。可，这与我的喜好，与我的出发点，皆相左。窃以为，煮干丝，才是事物本来之面貌。"大"，无疑带有个人感情色彩。而有些"大"则显得别有用心，甚至居心叵测。经过"文革"十年者，大多有此体会。

煮干丝，在清乾隆年间有个颇雅的名号，"九丝汤"。顾名思义，就是九种食材切成丝，做成的汤。哪九种食材？火腿、竹笋、口蘑、木耳、银鱼、紫菜、蛋皮、鸡肉，这八种食材切成"八丝",再加一丝:干丝。这不正好"九丝"也。也不绝对,讲究一些的,也有加海参丝,抑或燕窝丝的。估计寻常百姓,没有如此讲究的。海参、燕窝这类名贵之物,多为达官贵人、巨商富贾所青睐,普通百姓无福消受矣。

提及煮干丝,不论你承不承认,服不服气,当首推"扬州煮干丝"。扬州煮干丝,与镇江肴肉一样盛名天下。有晚清词人黄鼎铭的一首《望江南》词为证:

扬州好,

茶社客堪邀。

加料干丝堆细缕,

熟铜烟袋卧长苗,

烧酒水晶肴。

词中虽没点明,但写到了扬州干丝和镇江肴肉。

而前文所言"九丝汤",正是乾隆南巡到扬州时,地方官员用来宠媚皇上的一道菜品。如今早已进入寻常百姓的餐桌,为黎民百姓所享用矣。只不过,现在的煮干丝,不再繁至九丝,多以干丝、鸡丝、火腿丝,加鸡汤煨煮,讲究的再添加木耳、竹笋、青菜头之类配料。不论配料多寡,其主角仍然是干丝。因而,厨师在操作这道菜品时,对干丝的切制,是极为考究的。

有美食家之誉的汪曾祺先生曾专门为"干丝"著文,介绍说——

一种特制的豆腐干，较大而方，用薄刃快刀片成薄片，再切为细丝，这便是干丝。讲究一块豆腐干要片十六片，切丝细如马尾，一根不断。

汪先生寥寥数语将干丝切制之要领交代清楚，这当中点出了干丝原料之重要，"一种特制的豆腐干"。这是大有讲究的。普通豆腐干，质地偏松，密度不够。切丝时，因含水量偏高，难出精丝，再加之偶有气孔，会导致丝断。如此，普通豆腐干便不可取也，唯有"特制"。这种特制豆腐干，多用本地黄豆，经磨浆、点卤、压制等多道工序加工而成。因知道为制作干丝之专用，较普通豆腐干，压制要紧，密度要高，韧性要好。

接下来才能谈"切功"。用刀讲究的师傅，都有两把刀，一大一小。大刀在两处派上用场，一是削平豆腐干的边皮，二是"片"好豆腐干，最后切丝。小刀，即汪老文中的"薄刃快刀"，专用于"片"出薄片。有种说法"薄如纸，细如丝"，不免夸张，但薄到用火柴点着，这实在令人叹服。有种龙须面，丝细可燃。那还好说，面食可燃性是有的。然这豆制品，加工之后可燃，实难。然对自身要求高的厨师，确实做到了这一点。这样用刀精的师傅，"片"豆腐干时，其刀在手中欢快地行走，动作迅疾，层层翻飞，不作丝毫停顿。瞬间换上大刀，只听得案板"笃笃笃"响个不停，不见刀的移动。不一会儿，一方"大而方"的豆腐干，变成了一堆豆腐丝，呈现在案板之上。细嗅一下，干丝中还飘浮着一缕淡淡的豆香呢。这里有个细节，汪老文中言及，"一块豆腐干要片十六片"，应该说很不易也。然，这"十六片"，尚未达到我们地方上出台的干丝制作相关标准呢！在我们地方上，若标以"××干丝"之名，一块豆腐干则需片出"二十片"，比汪老所说的"十六片"多出了"四片"。这样看来，"二十片"倒成了基本要求。在我们这些外行看来，"难于上青天"的事情，到了"业精于勤"的师傅们手中，则易如反掌也。事实还正是如此，因为更精到的厨师，可片出"三十六片"，那一只豆腐干，被他把玩于股掌之中，真的是游刃有余矣。

至此，到了煮干丝"煮"的这道工序。煮，讲究用"高汤"。多半用鸡汤，且为去油后的头道清汤。如今养殖业发展颇快，规模化养殖，颗粒饲料喂养，这样养殖出来的鸡终不及当地散养的土鸡。汪曾祺先生在谈及煮干丝的"汤"时这样说，"煮干丝则不妨浓厚。但也不能搁螃蟹、蛤蜊、海蛎子、蛏，那样就是喧宾夺主，吃不出干丝的味了"。这是很有见地的行家之言。这与"高汤"的要求是吻合的，但汪老也给出了"高汤"的底线，并不是所有起鲜的东西都能入汤。如若弄得连一点干丝味儿都没有了，那还能叫煮干丝吗？有朋友说，因这煮干丝需要"大汤"煮制，故而称作"大煮干丝"。这说法，显然是走的老相声艺术家马三立的路子："逗你玩。"

汪文在最后又强调了一次，"煮干丝不厌浓厚"。足见汪先生对"汤"的重视。然，汪先生没有讲，"煮干丝"为什么"不厌浓厚"。其实，这跟干丝是豆制品有关。这豆制品自身味薄得很，且易吸油脂，不惧油腻，汤汁浓厚则味高，汤汁稀薄则味寡。

与煮干丝同出一门的，还有一道烫干丝。

如果煮干丝可以看作干丝的豪华版、升级版，那么这烫干丝，似乎可以视为简装版、基本版。我这样说，并不等于这烫干丝，没有一点技术含量。非也。

顾名思义，烫干丝，第一讲究，就是个"烫"字。虽然说，无论煮干丝，还是烫干丝，都要"烫"过三次，但两者还是有差别的。烫干丝，在"提碱"过后要"收水"，否则干丝吃着会有水腥气。有水腥气，食用者的味觉便一下子破坏掉了。原有的"五味"荡然无存也。

这在煮干丝，矛盾就不会如此尖锐。毕竟煮干丝最后一道是高汤煮制，"收水"自然没有烫干丝来得重要。两者一样重要的是"提碱"，均讲究时间控制，以干丝呈软滑之状为佳，时间短不得，也长不得。

而"收水"，对烫干丝来说，是在"提碱"之后，装盘之前。滗去碱水的干丝，最后一道"烫"在老师傅那里，讲究的是一气呵成。老师傅一手执开水壶，一手给加入生姜丝的干丝收水，那滚水透过老师傅的手指，冲烫干丝，老师傅边烫边收，最终将这盘烫干丝收成一个馒头状。

这时，烫干丝另一讲究便来了，那就是"卤汁"。这卤汁，看上去色泽有如老抽，呈酱红色。如果你真的以为是老抽，那就错也。这卤汁，是选用几种品牌的酱油，加入香叶、桂皮、八角、胡萝卜、芹菜、香菇等原料用小火熬制而成。烫干丝在烫、收完成之后，临上餐桌之前，最后一道工序，便是撒上芫荽、海米、花生米、肴肉丝之类配料，浇上热乎、黏稠、香甜的卤汁。

细心的师傅会将这份烫干丝置于洁白的瓷具之中，送给客人品尝之前，配上几丝红椒、几丝绿蒜，和之前嫩黄的生姜丝、乳白的干丝、酱红的卤汁，构成五色，与烫干丝所蕴藏的咸、甜、鲜、香、辣五味相呼应。

如此一盘烫干丝送到你面前，你说，能拒绝吗？

二

水面、馄饨和水饺，皆为面食。以水面历史最为悠久。馄饨和水饺，是后来从水面演变而来，而这两者当中，又以馄饨变化多端。

"冬至馄饨夏至面"，这一习俗，几乎遍及华夏。冬至这一天，白天最短，黑夜最长。过冬至，则白天渐长，黑夜渐短。民间有大冬大似年之说，意为冬至这一天，在全年的位置仅次于春节。清代一位叫潘荣陛的北京人，在他的一部记述北京风物志的专著《帝京岁时纪胜》中这样说："预日为冬夜，祀祖羹饭之外，以细肉馅包角儿奉献。谚所谓'冬至馄饨夏至面'之遗意也。"冬至这一天，有贺冬、祭祀、迎神、辟邪等礼仪。

而夏至，这一天白天最长，黑夜最短。过了这一天，白天渐短，黑夜渐长。《帝京岁时纪胜》中亦有记载："是日，家家俱食冷淘面，即俗说过水面是也。"时至今日，盛夏时节，我们还是会在面馆里，抑或在家中自己动手，吃上一碗凉拌面。

这面，往往连着一词，"长寿"。给家中长辈、亲朋好友祝寿，一定会吃一碗长寿面。为何称长寿面哉？有两解：一曰，源于"人中"之说。古人认为，人之寿命长短，与"人中"长短有关，由面相之"面"，引申至食物也；二曰，源于外形。面条瘦长之外形，与人言"长寿"谐音，遂由"长瘦"而至"长寿"也。我现在工作的城市，有一习俗颇好，祝寿之日，所有宾朋均要为寿星"添寿"，从自己的面碗中，挑出一根最长者，奉献给寿星。若所奉面条不够长，则显得诚意不够。有意思。尽管我的老家没有这样的习俗，然，我倒是坚持将这一习俗引入我们"四世同堂"的大家庭中矣。添寿，小小举动，易行，让人心生温暖，何乐而不为？

面条，虽为一小小面食，其蕴涵之丰富，变化之无穷，真令人叹为观止。我所写"水面"，乃民间习惯说法也，也是道出了面条之来路。我们通常所说的面条，皆由面粉和水加工而成。故有水面之说。水面，晾晒干制，可成挂面，我们那一带称"筒儿面"，长尺余，干制用纸包卷而成，与现在流行的各种方便面相比，极简便。

面条，其加工之法不同，形成种类亦不相同。与之相适应的烹制方式，亦有不同。在我仅有的印象里，几乎每到一地，都有一款属于当地的特色面点。和好的面粉，或压、擀、抻，或搓、拉、捏，之后制作成形，或窄或宽，或扁或圆，或长条或片状，最后经煮、炒、烩、炸而成的一种面食。花式品种甚是繁多，叫人眼花缭乱，有点儿像刘姥姥进了大观园的感觉，不知如何选择。譬如，山西的刀削面、北京的炸酱面、兰州拉面、东北的冷面、上海的阳春面、广东的云吞面、四川的担担面、扬州炒面、岐山臊子面，凡此等等，不一而足。

我对山西的刀削面和兰州拉面印象不错，看看它们的制作加工过程，就挺新奇。你看做刀削面的师傅，捧着个大大的面团子，手执刀片，快速削取，面叶似落叶般纷纷落入沸锅之中，如若师傅炫技，则手中速度加倍，此时的面叶更似落网的鱼儿，接连不断跃入汤中。与削面的快疾有所不同，兰州拉面，则讲究抻拉的过程展示，原本极普通的面团，在面点师傅手里，双手一拉，一晃，便抻开了。之后，从中折叠，再抻拉，长度几乎等同手臂矣。此时，技艺欠缺者，往往会取谨慎态度，小心拉抻，面条宽细适度时便可入锅。有一种花式拉面，表演者边拉抻面团，边行走于食客中间，以便人们观赏。在夸张的身体翻转之中，面条渐渐延展，长如绳索一般，足够师傅跨跳过来。这哪里是在制作面条，分明是表演杂技也。

当然，这兰州拉面"中华第一面"的美誉，也不是虚妄的。其"汤镜者清，肉烂者香，面细者精"的独特风味，的确令人垂涎。这里的肉，当然指牛肉。所以，人们讲兰州拉面，讲全了应为兰州牛肉拉面。其配料多有熟牛肉、牛油、芫荽、蒜苗、白萝卜、红辣椒，要注意的是，面汤应为之前炖牛肉的清汤。如此，又呈现"一清"：汤清；"二白"：白萝卜片；"三红"：红辣椒或辣椒油；"四绿"：芫荽、蒜苗绿；"五黄"：拉面黄亮原色。

山西刀削面，其面叶，中厚边薄，棱锋分明，形似柳叶；烹制成面之后，入口外滑内筋，软而不黏，越嚼越香。这刀削面的"浇头"，我知道的就有番茄酱、肉炸酱、卤鸡蛋、羊肉清汤等，配上应景时蔬，如黄瓜丝、韭菜末、青蒜末、绿豆芽之类，再滴上点儿山西老陈醋，别有一番风味。

常言说，一方水土养一方人。我们这一带，喜欢的大多还是阳春面。这阳春面，有红汤和白汤之分。至今记得老家县城里的"品香二两面"，那是白汤汁的阳春面。现时面馆卖面论碗，而早先都是按分量定价的。一两是一两的价格，二两是二两的价格。你要三两也行，加价即可。这"品香"店下面的小师傅，手艺着实精到。灶台上一二十只碗排着，他看碗抓面，入锅前称试，不多不少，每碗二两。面条下锅之后，师傅会给每只碗装入荤油、味精、细盐、小胡椒、蒜花儿之类适量作料；面条起锅前片刻，再兑入乳白的骨头汤，至小半碗，然后，让面条养汤而入。

这阳春面，讲究的是面条的筋骨。煮面时间长短、炉火大小，均要掌控好。否则，非硬即烂，达不到阳春面应有的品质。"品香"店的师傅，用滚水下面，片刻，即用两根尺把长的"面筷"在锅里划动，面条不至结成团儿；划动几个来回后，便兑入冷开水，让面条稍养片刻后，即开始装碗，但见小师傅一手持"面笊",一手挥动"面筷",往"面笊"里划进两三下,再往外划两三下之后,甩一甩"面笊",不让面汤滴进碗里(如此味则纯矣),再轻捷地将面装进碗中,此刻面条似梳理过的,齐刷刷的,清爽得很。全套过程的动作,干净、利索。青青的蒜花儿漾于乳白的骨头汤之上,很是悦目。尝一尝汤汁,其鲜美自不必说。最是那阳春面,挺而不硬,软而不烂,正到火候。

在我们那里也有面和馄饨一起下的,谓之"饺面",其实跟现在的饺子无关。之所以叫"饺面",大概沿用了古老称呼。在很久以前,馄饨和饺子是不分的。古人认为馄饨没有七窍,称之为"浑沌",改成现在的字样,是后来的事情。馄饨,又有"云吞""抄手"等诸多别称。就云吞和抄手而言,前者从音出,后者从形出。

与馄饨这一路发展下来热闹非凡的阵势相比,水饺的境况似乎略显冷静。这也难怪,当初它被医圣张仲景发明出来唤作"饺耳"时,是用来治疗冻烂之耳的一味药物,跟一开始就流入民间广为传播的一道美食比起来,当然会不一样啰。说起来,馄饨和水饺都为面皮包裹肉馅之类,然,馄饨皮儿薄,包起馅儿来,易变化,且最后呈现的姿态,以柔取胜,似一风情万种的少妇;而水饺皮要厚得多,包馅儿不能随意,只能捏边,最后呈扁平状,因而有地方又叫"扁食"。其模样,较馄饨要呆板得多,有点"呆二小"的味道,咬一口,实实在在。不似馄饨那么滑溜、绵软。

馄饨这样的口感,似乎更适宜像梁实秋先生这样的文人雅士。他在《雅舍谈吃》中写到了"煎馄饨",蛮少见。其叙述如下——

> 我最激赏的是致美斋的煎馄饨,每个馄饨都包得非常俏式,薄薄的皮子挺拔舒翘,像是天主教修女的白布帽子。入油锅慢火生炸,炸黄之后再上小型蒸屉猛蒸片刻,立即带屉上桌。馄饨皮软而微韧,有异趣。

三

在我的印象里,米饭饼天生就是为油条准备的。在我们那一带的民间食点当中,似乎再也找不出像米饭饼配油条这样的组合了。相比较而言,油条这样的食点,较米饭饼要更为普遍。这样一来,米饭饼在它和油条的组合中,就降格为从属,行搭配之功效。

米饭饼做出这一点点牺牲,饱了我们这些芸芸众生的口福。这米饭饼包油条,米饭饼软乎乎的,油条脆刮刮的,一软一脆,丰富了食用者的口感。咀嚼起来,咬劲十足,那是单纯吃米饭饼,抑或单吃油条,都找不到的感觉。说到感觉,颇为奇妙。很多时候,你说不出所以然,但就是这种感觉,遵循之,则如跃入一马平川。否则,有如逆水行舟,得历尽千难万险,方能如愿。所以,有人对这些感慨良多,呼吁"跟着感觉走"。

这米饭饼与油条组合在一起，让米饭饼的酸甜，与油条的油香，在食用者口中融合，丰富了食用者的味蕾体验。味觉的满足，是单纯食用米饭饼，抑或单纯食用油条，都不可能获得的。这样组合起来，其味道一下子多出几个层次，醇厚，圆融，妙不可言，真正产生出"1＋1＞2"之效果。

其实，在我们那里，最早米饭饼是个单干户。早年间的乡下，哪里会有什么油条。我在到外村读书之前，头脑中根本没有关于油条的记忆。即便吃过，也是极少极少，根本没有留下油条的味道，也就等于没有吃。然，米饭饼的味道，从小就牢固地储存于自己的味蕾之中也。

早先，我们县城里卖米饭饼的挺多。一大清早，在马路旁择定地方，安顿下锅、炉、桌、凳之类，便开市。那时好像没有"城管"这一概念，市民们摆摊设点相对容易一些。当然，这些做小本生意的，也是为了养家糊口，不易。他们自己也自觉，绝对不会摆了自己的小摊子，影响了城市的交通，也不会留下多少垃圾。做这种生意的，多为忠厚本分之人。每每收摊之前，总会将摊位清扫一番。既为别人留下干净空间，也为自己第二天开张省去许多麻烦。这样的小本生意，多半是固定的摊点儿，或多或少都是有一些老主顾、回头客的。既然生意每天都在这儿做，清扫一下，利人利己，何乐而不为也。

卖米饭饼没多少行当。炭炉上架锅。桌上放瓷盆，调好米粉，又放张竹扁子，装米饭饼。竹扁子上总有东西盖着，或一层布纱，夏季挡灰尘，挡苍蝇；或夹着棉絮，冬季保温，什么时候拿出来，米饭饼均热乎乎的。

卖米饭饼，讲究的是边做边卖。刚出锅的米饭饼，其暄松程度，跟久置竹匾之中的差别较大。因此，做米饭饼的，待铁锅热后，将调和好的米粉，一小团一小团地往锅边上摊。并不是摊得越多越好。用我们那里乡民的话说，"靠船下篙"。看食客多寡，决定现场摊饼的速度和摊饼的数量。这样的风味食点，口感、口味、好坏，均较为重要。如若把得不严，便留不住食客，那还做什么生意哟？

做米饭饼的，对做米饭饼的工艺流程，当然烂熟于心矣。多少米粉，加多少水，有讲究。米粉调和得适宜。水少，过硬，摊不成饼。水多，偏稀，也摊不成。做这等生意的，摊起饼来，样子很娴熟，很潇洒。随手抓起，丢在锅上，用力适度，便自然摊开，成椭圆状。

锅中有饼时，可将炉门打开大一些，炉火自然旺起来。显然，不做饼时，炉子的火是闭着的。不一会儿，有饼香飘出，便可铲饼，出锅。摊出的米饭饼，如出一模，大小、形状，均无两样。这纯粹是做米饭饼的手上功夫。

卖米饭饼的附近，多半都能找到卖油条的。卖米饭饼的，和卖油条的在一起，似乎是天经地义的。细心的食客，自会发现，这"在一起"是有主次的。正如我前文所述，米饭饼与油条组合起来，米饭饼是主动与油条搭配，因而，卖米饭饼的，摆摊设点，一个重要择定标准便是，附近有没有卖油条的。卖油条，较之卖米饭饼似要讲究一些，多有店铺，有的甚至还有招牌，"××油条店"之类。油条，是在油锅里煎炸而成。发酵好的面，切成一小块一小块做油条的坯子，两块坯子捏在一起，在师傅手里三一拉两一拉，抻到一定长度，轻轻往沸油锅内一丢，只见油锅骤然翻腾，油条更是翻滚不已，瞬间膨胀，浮至油面，色泽由白至嫩黄，油条香味便从油锅飘出。此刻，师傅用一双超长竹筷，将炸好的油条夹出锅来。有性急者，上前想取，往往被师傅挡住。为何？刚出锅的油条，滚油在身，烫倒在其次，尚未完全香脆，须放入铁丝篓子内控掉油汁，稍等片刻之后，再放进竹扁，顾客即可取拿。油条出锅，师傅动作既要迅速，又要拿捏得当。速度慢，油条色至深黄，便老了，甚至焦了。过早出锅，炸得不透，再怎么控油，也脆不了。我们这里人的口感，多喜脆。因而，油条以煎炸透且色泽嫩黄为佳。

　　卖米饭饼的，叫卖起来："米饭饼包油条啦！""米饭饼包油条啦！"卖米饭饼的，有时候直接从油条店拿些油条过来，在自己的摊儿上一同出售。这样的合作，当然会和油条店师傅有所约定。做生意，讲究和气生财，否则，合作长久不了。

　　想来，这米饭饼进了城之后，才得以与油条组合。在城里做事，早晨赶钟点上班，来不及吃早饭的，早餐通常是路旁的米饭饼包油条。有时顺道停靠，自行车龙头一斜，人都不用下车，说一声："来个米饭饼包油条！"摊主嘴里应着"好哩"，手里两张米饭饼、一根油条，夹着包好，递到骑车人的手上，一手拿钱，一手递饼。米饭饼包油条，多半是两张饼包一根油条。也有一张饼包一根油条的，少。买时需特别交代。这样的早餐，实在方便。赶时间的上班一族，在骑车上班的途中，便完成了早餐任务。

不过，有一点，城里的米饭饼，和我们儿时在乡间见到的米饭饼，似乎发生了一些变化。我们小时候吃的米饭饼中，是见得着米饭的，清楚得很。

这米饭饼里的米饭，颇不一般。得"馊"了才行。一"馊"，还能进口？唯其"馊"，才能做出米饭饼特有的略带酸甜的味道。但要注意"馊"而有"度"。头一天晚上，和米粉调好，焐在锅里。经过一夜的发酵之后，米粉便发好，可摊饼矣。第二天大早，生火，锅热后，浇上几勺子菜油（做饼不粘锅），直接摊饼。可摊一锅，整的，锅多大，饼多大。也可摊成一块一块的。饼离锅前，再浇些油。如此做出的饼，黄爽爽，油滋滋，香喷喷，甜甜的，又酸丝丝的，好吃。说句实话，好吃是好吃，然终不及米饭饼包油条。

黏炒饼。此饼的出现，多数时候是跟某些节日、节气连在一起的。虽然平时偶或也能吃到，极少。譬如，到了清明节、冬至之类，我们那一带乡间都会有一些祭祀活动，有家庭的，有家族的。这祭祀食品中，少不了黏炒饼。

黏炒饼，以糯米粉为主要原料，做起来颇方便。糯米粉和水搅拌，成"泥"状，硬烂适宜。硬，糯米粉不黏，易散；烂，则过黏难做成饼状。先做成大如小孩巴掌的圆饼，一只一只贴在锅上，盖上锅盖，生火加温，至饼子有糊面，再将另一面翻贴在锅上，继续加温。两面皆形成糊面后，便加适量的菜油、红糖，抑或白糖，喷少许净水，在锅里炒，炒至饼呈熟色，软和，黏稠，即可出锅，以供食用。此时，夹在筷子上的饼子，有黏丝牵出，大概这便是黏炒饼"黏"字的出处吧。

这黏炒饼，不仅夹在筷上，软软的，黏黏的；吃在嘴里，其实也是软软的，黏黏的，更多一层香香甜甜的味道，与米饭饼，是完全不一样的口感和味道。

黏炒饼，在我们那一带餐桌出现，除了我刚讲的清明节、冬至之类，还有阴历七月半，以及家中需要祭奠亡灵的日子，铁定是要做黏炒饼的。先人们辞世久矣，奉上几个黏炒饼，烧点纸钱，磕几个头，作几个揖，聊表纪念之意。那黏滋滋的黏炒饼，很快便会被我们这些馋嘴猫叼在嘴巴上啰。这样的日子，没给我们这些孩子多少怀古之忧伤，反因黏炒饼的出现，给平常枯燥的日子带来了些许快乐。

当然，黏炒饼，也不尽是跟祭祀、祭奠连在一起。早先过中秋节，我们没有广式、苏式之类品种繁多的月饼，家里能准备的也只有黏炒饼。敬月光时，当然是用黏炒饼。月光映照下的黏炒饼，油滋滋的，饼香四散。我们这些馋嘴猫，早就口水流了尺把长了，瞅着大人干别的事的时候，两个指头一捏，一只饼子便丢进嘴里去也。此时，翘望天空中亮晃晃的凉月，咀嚼着黏滋滋、甜津津、香喷喷的黏炒饼，便对那月宫中的嫦娥仙子，心生感激。

四

焦屑和圪垯，尽管装在碗里的形态不一样，前者通常是糊状的，后者则多呈块状。然，只要对这两种食品熟悉的都清楚，在没有变为熟食之前，它们都是一种形态：粉末状。在我们那儿，焦屑的成分是"麦粉"，圪垯的成分是"米粉"。

如果再往前推，做成焦屑的麦粉，从何而来？答曰：小麦炒熟之后，拿到石磨子上磨，抑或拿到轧粉机上"轰"，如此，"磨"出，或"轰"出的，便是麦粉。由麦粉稍作加工，便可炒制出香气扑鼻的焦屑。而圪垯的米粉从何而来？多为碎米积聚到一定量之后，粉碎而得。其粉碎的路径和小麦成粉的路径完全一样，可分为机器的和人工的两种。我们那里有句俗语："六月六，吃口焦屑养块肉。"说的是我们那一带"六月六"尝新小麦的习俗。而这一天，又被称为多个不同的节日，其中有叫天贶节的，说这一天在江苏地区，老百姓似过年一般，早晨见面要互致问候与祝福，早餐的食物，便是焦屑。至于说，"六月六"的风俗，是否和大禹出生在六月初六有关，尚需进一步考证。

焦屑，也有直接用小麦粉，自己在家里烘炒的。只不过，与上一种做法比起来，还是炒熟的小麦，或磨，或轰，之后做成的焦屑更香。这与汪曾祺先生笔下的"焦屑"似乎不是一回事。汪先生说，"煳锅巴磨成碎末，就是焦屑"。难道这是他那个年代的产物？在兴化，好像没有人家专门用"煳锅巴"磨焦屑的。而他进而说的，"我们那里，餐餐吃米饭，顿顿有锅巴"，则让人无限羡慕矣。

说实在的，"瓜菜代"的年头，能塞饱肚皮，就谢天谢地了，哪里还会去讲究吃的什么粮食哟！可以肯定的是，"餐餐吃米饭，顿顿有锅巴"，无论如何是做不到的。至于汪老讲，"把饭铲出来，锅巴用小火烘焦，起出来"，这在生活条件好转之后，我们小时候倒是做过这样的事情。只不过，这"锅巴""起出来"之后，不是汪先生所说的，"卷成一卷，存着"，而是"起出来"之后，立即"咯吱""咯吱"嚼进自己肚子里去了。家中小孩多的，一锅烘下来，每个孩子也就一小块锅巴，哪里还需要"存"？

汪先生说，"锅巴是不会坏的，不发馊，不长霉。攒够一定的数量，就用一具小石磨磨碎，放起来"。这是不是当时高邮普遍的做法，还是像汪家这样殷实人家才有的做法？在那贫困年月的兴化，如若有这样的"锅巴"，也是存在肚子内更不容易坏，哪里还有什么耐心等攒够一定的数量，再磨成焦屑哟！

他老人家说的，焦屑也和炒米一样，用开水冲冲，就能吃了。焦屑调匀后成糊状，有点像北方的炒面，但比炒面爽口。这些，跟兴化人所认识的"焦屑"的特性，又一致矣。

焦屑，确实可消闲，亦可充饥。

当年女儿上幼儿园的时候，每日里，要吃两次副餐的。她自然不晓得，她爸爸像她这般大时，是无这等口福的。

那时节，乡里孩子，谈不到什么副餐。了不起，小布兜里，装些焦屑罢了。想吃了，张开袋口，舌头伸得长长的，舔食些焦屑，慢慢咀嚼。鼻上、额上、脸上，均沾了不少焦屑，白白的，弄得大花脸似的，叫大人们望见，笑道："细猴子，上戏台，甭化装啦！"

这情形，乡里极常见。大人笑小孩子吃焦屑模样不好看，其实，大人吃焦屑，又另一番难看的模样。大人一般不干吃，用开水泡了吃。

下田回来，饭还没好，肚子又"咕咕咕"地叫了。于是从碗柜里拿出蓝花大海碗，装上半碗焦屑，用开水冲泡。边泡，边用筷子调。调匀了，便能吃了。捧碗，到巷头上，边吃，边闲谈。

其吃法挺特别。只手捧碗，伸出长长的舌头，循着碗边舔。手腕一转，碗边转动起来，舌头趁势一舔。一圈，一圈。蓝花大海碗里的焦屑，平平整整，碗边干干净净。腕转舌舔之中，一碗焦屑便下肚了。

焦屑"涨"得很，半碗干的，泡一碗足足的。

等到碗空了，方才想起另一只手中还有双筷子似的。用筷子敲敲碗边，愉快地回家。这筷子，倒成了手中的摆设。

焦屑，并不为人们想象的，有滋有味。焦屑的滋味，是人为加工进去的。泡焦屑，不加油，不加糖，光泡，并不怎么可口。充饥罢了。

其实，说到焦屑，干吃比泡了吃有味儿。干吃焦屑，得用细糖、麻油，与焦屑相拌，焦屑拌得湿湿的，湿而不潮，吃到嘴里香甜，湿润，一点不呛喉咙。

圪垯，其主要成分是碎米（乡民叫起来，为碎米头子），这在破题时已经交代过。这碎米主要是家中碾米时的副产品。新近碾好的米，过筛之后，剩下些碎米头子，淘洗爽干，再上石磨磨，抑或用轧粉机"轰"成碎米粉，晒过几个太阳，干了，装进坛子贮存起来。要做圪垯时，从坛子里剜出几大勺子，人少时抓上几把也行，取出碎米粉的量，视需做圪垯的多少而定。通常情况下，碎米粉就在瓷盆里，用水和。和的过程，便是操作者用一双筷子，在瓷盆里不停搅拌的过程。需要注意的是，碎米粉和成"泥"状时，不宜过稀，过稀则成了米糊糊，是另外一种食物，做不成圪垯。当然，稠了也不行，要么碎米粉还没和"透"，要么做的圪垯，下锅后便散掉了。

圪垯不是用手做出来的，得"剜"。我们那里人，从不说做圪垯，一开口便是剜圪垯。剜圪垯，须粥锅"透"了，水"滚"了，此时，用铲子进瓷盆里剜，剜时仅用铲子一角，一剜往粥锅里一丢，瓷盆里和好的碎米粉剜完了，便可盖上锅盖，复烧煮至锅"透"，再焖一焖，可盛碗矣。

喝粥吃圪垯，更感圪垯有咬嚼，有劲。粥里有几个圪垯，便不再寡了。圪垯，挺熬饥的。干力气活儿，就指望一大早上能咬上几个圪垯，一天都有劲。

这样一说，等于给吃圪垯的人定了位，家庭里干重活的男人。小孩子自然只有喝粥的份儿了（说喝粥，而不言"吃"，极有道理。那粥，实在说来，少见米粒，多见汤，无须动筷，捧碗喝之，片刻即见碗底）。家里小孩子少的，还可能从大人那里得到个把圪垯。那真是男人从嘴边省下来的。若是小孩子多，分都分不过来，男人再想动筷子搛，女人便会用筷子一该（方言，挡的意思）："吃咯好下田，甭管他俫（当地方言之说，他们的意思）细猴子。"这刻儿，女人还会一脸严肃，用筷子敲敲细猴子们的粥碗："喝粥，喝粥，喝好了，上学的上学，跟我上自留地的，跟我上自留地。"

男人知道，女人的严肃是装出来的。哪有父母不疼自己的孩子的！然，那年月，粮食实在太紧张，一日三餐薄粥打滚，日子过得苦。日子苦，人还闲不得，整日整日地劳作，干得净是力气活儿。家中女人，煞费苦心，视各自的劳作情形，安排一天的饭食。男人是家中大劳力，脏、累、费力的活儿多半靠男人完成，单喝薄粥，显然不行的。于是，煮粥时，女人便在粥锅里丢上几个圪垯。这圪垯，本来就没有富余，给男人吃也只能说勉勉强强，再分给小孩子，那女人的一番苦心便白费矣。

其实，这圪垯要想吃出点滋味来，得单烧。用青菜炸汤，也就是青菜下锅后用油盐姜葱爆炒，之后放水，加进圪垯后煮。好了盛碗之后，临食用时，剜上一筷子荤油。此时的圪垯，养汤而盛，食用者咬上几口圪垯，实实在在，感觉不错。再喝口带米香、菜香、猪油香的圪垯汤，滋味还真的蛮好。这样的吃法，当然是圪垯粥不可比的。

青菜圪垯汤，在农家餐桌上出现，那是好多年之后的事了。现在城里人的宴席上，最后的主食，有时候便是这道青菜圪垯汤，蛮受欢迎的。如今，圪垯在家乡人眼里，早已不是填饱肚子的盼物了。而早先那种用碎米粉做成的圪垯，早没了踪迹，家乡人几乎忘记了那圪垯的模样。

真叫人高兴。

五

豆腐干和豆腐皮，均为豆腐制作过程中的副产。

豆腐干，从其名便可知，乃豆腐压榨脱水所得。豆浆点卤之后，装箱，用长木杠，人工压制，榨出其中的水分。这压榨度的把握，可以分别制成豆腐、豆腐干和百页。现在有专业设备压榨，控制更方便。制豆腐，将豆浆点卤后的絮状物，舀进箱体进行适度压榨，使豆腐中含一定量的水，如此，可保持豆腐鲜嫩品质。制豆腐干，则在箱体中加垫粗布，与絮状物一层夹一层，累积至箱满，覆盖加力压榨脱水，使食体凝结固化，"干"形尽现。而百页的压榨，则是粗布夹层中絮状物，仅添加薄薄一层，加力脱水，亦成纸页之形。而豆腐皮就不一样了，它是置于豆腐、豆腐干和百页之前的优先产品。豆腐皮，直接从浆锅中挑出，当然无须压榨。明代李时珍《本草纲目》云：

> 豆腐之法，始于汉淮南王刘安。凡黑豆、黄豆及白豆、泥豆、豌豆、绿豆之类，皆可为之。造法：水浸硙碎，滤去滓，煎成，以盐卤汁或山矾汁或酸浆醋淀，就釜收之。又有入缸内，以石膏末收者。

大抵得苦、咸、酸、辛之物，皆可收敛耳。其面上
凝结者，揭取晾干，名豆腐皮。

豆腐干和豆腐皮，虽同出一宗，但豆腐皮产于豆浆点卤
之前，而豆腐、豆腐干和百页则产于豆浆点卤之后。这一前
一后，让豆腐皮的质感、品位，较豆腐、豆腐干和百页自然
更胜一筹。这也就决定了它们在食品制作路上的不同走向和
定位。不由得让我想起，龙生九子，命运却各不相同。在豆
腐王国，同样得到体现。

正如人们所熟知的，豆腐干离开压榨箱之后，便走上了
街头巷口。每当夕阳西下，无论是机关干部，还是拼体力劳
作一天的装卸工，均下班矣。原本就拥挤的马路、巷道，越
发拥挤起来。早先尚无"塞车"之说，那时汽车还是稀有之
交通工具，人们多以自行车代步，现在则不一样矣，满眼的
车，街道上，马路边，小区内，停得一辆挨着一辆，真的到
了车满为患的地步。因此，"塞车"，不再是北、上、广这样
一线城市的专利矣，我们老家小县城，一样"塞"。县城人
又区别于北、上、广，平时自由惯了，一旦"塞车"，他们
会加"塞"，于是，"塞"它个水泄不通，一动不动，直至交
通瘫痪。真让人怀念早先骑自行车绿色出行的年代。

那时的傍晚，人们下班也行色匆匆，那是赶路，有时是
为赶到某个小吃点买上一两样地方小食，晚上好美滋滋地扳
（当地方言，喝酒的一种动作，举杯而至仰头，酒入口中，这
样的过程叫"扳"）上几盅。晚了，想要的下酒菜，就有可能

脱货。做这样小买卖的，也懂得"饥饿营销"，每天只会紧缺，不会滞销。此时的巷道口、马路旁，做晚市的多起来，卖熏烧，卖烂芽豆，卖花生米，也有卖豆腐干的。

卖豆腐干，一只炭炉子，一只锅，一个箩或盆，一张小杌子（供卖豆腐干的自己坐）。锅自然安在炉上，配了半锅汤汁或油料。锅上有个铁架子，煮、炸好的豆腐干，置于铁架上，控、凉、卖。箩或盆则用来装白豆腐干坯子。

这种买卖，无须吆喝。豆腐干特有的香味，飘散开来，诱得人主动上前问价、购买。卖豆腐干，边炸、煮，边卖出，趁热。食客多半一买就走，现场无须提供食用桌椅。即使有人买了现吃，也是边走边吞食，顾不上吃相雅不雅也。豆腐干本就走的底层一路，适合的人群，是鲁迅先生笔下的"短衣帮"而非"穿长衫"者。

豆腐干，有油炸的，也有汤煮的。

油炸豆腐干，脆，且香。只是在油锅里时辰要掌控好，适宜为佳。豆腐干在油锅内炸的时间过长，则老了，焦了；过短，则不透，还是一块软干子。这豆腐干炸老了，甚至焦了，味就变了，咀嚼起来似有渣滓，再加上一股焦苦之味，难以下咽。不透，则豆腐干味道不入骨，该进去的味道没能进得去，该出来的味道没能出得来。这样的豆腐干，吃起来"王观"味。前面已经向读者诸君介绍过，这豆腐干，黄豆磨成豆浆制成。乡里人称黄豆，为"王豆"。"王观"味，便是黄豆磨成豆浆所特有的味道，似腥非腥，不太好闻。如此，豆腐干的口味便差了。

城里人颇讲究，饮食得卫生。油炸豆腐干的好处，一目了然，看上去很是干净。又经油炸了，城里人很放心。其实，如果油的品质把持不好，油炸食品很容易出问题。

汤煮的比油炸的有味。汤煮豆腐干，又配了黄豆芽之类起鲜食材，食用时浇上点水大椒，辣辣的，香香的，味道鲜得很。如若再另外加入陈苋菜馏汤，老远便能闻到一股异味，虽不怎么好闻，然，唯这汤入得豆腐干，吃起来才有异香。正是乡民们常挂在嘴边的那句话："生臭熟香。"说的就是这样的吃食。由此，煮豆腐干，派生出另外一个支脉：煮臭干。

煮臭干，尤为进城打工的，在工程队上做手艺的，还有就是蹬三轮的、拉板车的，这类人群所喜欢。在我的印象里，临晚时分，那些城郊接合部的工棚里，三五成群的农民工，劳作了一天，扳上"二两五"（小瓶装酒），解解乏。这时的下酒菜，便是熏烧、烂芽豆或煮臭干。

想不到的是，煮臭干，不仅这群"短衣帮"喜欢，城里的"长衫先生"也喜欢。这苋菜馏，本身倒没什么特别，一"陈"之后，其汤竟生出如此妙处来，真奇啦。

对于普通居民而言，晚市上有卖豆腐干之类，家中便当了许多。偶或有不速之客登门，天色已晚，菜市场早没了人影，有钱也买不到东西，现做难矣。无妨，上得巷头，寻得自家的老卖主，买上几样下酒菜，花钱有限，便可待客。这当中，煮臭干，少不得。

豆腐干，寻常人家的常客。

与豆腐干走向不同的，豆腐皮极少进地摊。多在菜市场、超市里销售。这两者至此差别就显现出来了，豆腐干变成了风味小吃。豆腐皮，成了进菜市场、超市销售的食品。

不知豆腐习性者，对豆腐皮从何而来，有些百思不得其解。心想，豆腐嫩嫩的，用手去拿时就需技巧，得养水托起。稍不注意整块豆腐便会弄碎。要说如此细嫩的东西，尚有什么"皮儿"，怎么可能？

然，我们当地人，都会说有豆腐皮。眼见为实，不妨到菜市场、超市逛一逛。清晨的菜市场，夜晚的超市，均熙熙攘攘，热闹着呢。砌好的摊位，一排一排，按类而分，家禽、肉类、水产、蛋品、蔬菜等，各在相应区域，同类相聚，明码标价，货主就得比货、比服务，生意才做得开。否则，同一品种，卖的摊位多着呢，哪个也不会在一棵树上吊死。

说那蔬菜、瓜果吧，红红的番茄，青青的黄瓜，白白的萝卜，绿绿的菜椒，紫紫的茄子，一行一行的，一眼过去，几十家呢。还有那水产类，长长的黄鳝，扁扁的鳊鱼，短短的泥鳅，圆圆的甲鱼，白的鲢鱼，红的鲤鱼，花的鳜鱼，乌的黑鱼，凡此种种，皆养在水池，活蹦乱跳，听凭人挑选。这当中，稍一留心，自然会发觉卖豆腐皮的不在少数。不一定是统一的器皿，然豆腐皮一律薄薄的，干干的，脆脆的，有散称的，有一扎一扎选定好的，拿一扎，付一扎的钱，拿了就走，颇省事。

豆腐皮，前面已经有所介绍。实在说来，它并不是豆腐的皮儿。黄豆制成豆腐之后，"皮儿"就无从谈起矣。读者诸君已经知道，豆腐皮，是豆浆点卤前的产物。豆腐皮，纯粹一锅浆的油汁，以每锅仅挑一张为宜。如若多挑，其"皮儿"就薄得上不了竹筷，且剩下的浆，再想点卤做豆腐，那就没有多少人肯买了。在行的自然晓得，挑过"皮儿"之后，制成的豆腐，做菜的味儿差多了。"皮儿"挑得过多，其所做豆腐便泛"渣"矣。

如此，豆腐皮在市场上贵起来，紧张起来，也就无须多说了。

豆腐皮出生门第本来就不低，加之厨师之手，或用鸡汤单烧，素而不寡，其鲜无比；或切成细丝制成凉拌菜，清凉爽口，别有风味；或用以包裹各式馅儿，红烧，油炸，皆有其独到口味。

多少年过去了，我至今还记得那年在外地读书回家过春节，母亲做的一碗青菜头白烧豆腐皮。那碗青菜头白烧豆腐皮，清清白白，赏心悦目，豆腐皮和青菜头，都味鲜无比，让我不能停箸。

那馋相，让母亲好开心哦。

六

"生臭熟香"一词，似乎天生就是为苋菜馏准备的。只要是对苋菜馏这一特别的食材有认知的，几乎会脱口而出："生臭熟香。"如若有人提及"生臭熟香"一词时，味蕾所调动的记忆，滋生出来的，便是咀嚼苋菜馏的美好。这样的搭配，又可生出另外一词，"相得益彰"。所有这一切，都是现时的孩子，很难体会和理解的。

　　家乡一带的苋菜，有红苋菜和白苋菜两种。红苋菜，不是通常的红，其叶，其茎，均呈紫红。食用红苋菜做成的菜也好，汤也好，那种鲜、艳，极其醒目，如若你有幸食得一碗白米饭，那碗里的饭米粒儿，顿时鲜红起来。没有条件盛一碗白米饭也不要紧，盛饭碗具选用白瓷的，那汤汁挂壁定然一样鲜、艳。如今喝红酒者日众，很多讲究"挂壁"，是另外一回事。不再赘述。

　　白苋菜，其实也不是名副其实的"白"，只是较红苋菜而言，可称得上无色，故以"白"冠其名。白苋菜，其叶和茎通常为青绿色。嫩的白苋菜，和红苋菜一样，可以掐取其叶，断取其茎，入菜。常见的有苋菜豆瓣汤、青蚕豆烧苋菜之类，家常菜罢了，没有什么特别的。苋菜也好，蚕豆也罢，本身并不具备调味功效，做出的菜，是否鲜味，仅靠原有食材是不够的。这类家常菜，调味几乎无一例外选择外加。只要翻过《红楼梦》都会对一道"茄鲞"赞不绝口。原著中，曹雪芹借王熙凤之口，这样介绍的——

　　　　这也不难。你把才下来的茄子把皮籤了，只要净肉，切成碎丁子，用鸡油炸了，再用鸡脯子肉并香菌、新笋、蘑菇、五香腐干、各色干果子，俱切成丁子，用鸡汤煨干，将香油一收，外加糟油一拌，盛在瓷罐子里封严，要吃时拿出来，用炒的鸡瓜一拌就是。

　　寻常人家自然不比贾府。然，就是现在说到的苋菜，作同样处理，无论是烧汤，还是做菜，在我的印象里，都是红苋菜更味鲜可口。这当中，那鲜且艳的红色，给味蕾的刺激看来是不小的。难怪人们对菜品，讲究色、香、味、形，有道理。

　　这红苋菜和白苋菜相较，似乎红苋菜轻易占据了上风。然，我们将它俩的生长期放长一点，让它俩长出粗壮的茎秆之后，便可成为制作苋菜馅的食材。这时，白苋菜会因为其茎秆粗，肉质多且嫩，而实现逆转。

　　腌制苋菜馅时，须弃叶，取其茎秆，切段，来完成腌制前的原材料准备。这一红一白，两种苋菜，其茎秆，红者细，少肉多筋；白者粗，肉多且嫩。如此，乡民们腌制苋菜馅，多选择白苋菜茎秆，而不是红苋菜茎秆。当然，红苋菜茎秆也不是不能腌苋菜馅，在我的印象里，是一样腌的。只不过，平时选择时，多取红苋菜做菜，不让其生长太老。而白苋菜，则有意多让其生长，以便日后腌苋菜馅之需。

　　要想腌制出一款风味独特的，所谓"生臭熟香"的苋菜馅来，其中的奥妙在于要有"老卤"。这老卤，便是陈年苋菜馅汁。只要是保管妥善，那卤汁，自然是愈陈愈好，愈陈味愈足，渗透力愈强。有这方面生活常识的都知道，老苋菜馅不好吃，在坛子里浸泡时间一长，便空掉了，咀嚼起来只有渣滓，没有肉，只能尝其味。然，这老苋菜馅的卤汁，就大不同矣。有如做面点之酵母，作用大了。

　　加了老卤新腌制的苋菜馅，炖熟之后，口味更醇，更香。

吃饭，喝粥，苋菜馉都挺下饭的。嫩苋菜馉，可以整段儿咽到肚里去，不妨事。农家孩子颇喜欢。大人们则多半爱夹上几段老苋菜馉，堆到蓝花大海碗上，扒两口粳子饭，嚼一段苋菜馉，腮帮子一鼓一鼓的，越嚼越有滋味。再扒饭，再嚼。之后，吮其汁，吐出渣。那模样，比吃山珍海味都过瘾。这场景，我在长篇小说《香河》里有过较为详细的描写，读者诸君亦可参阅。

那"瓜菜代"的年月，农家饭桌上，常以青菜为主食，不少健壮的汉子，耐劳的农妇，均得了"青紫症"，对绿色食物产生了厌恶感，怕吃青菜，亦怕青菜腌成的"咸"。因而，饭桌上，一见那红叶、红茎的苋菜，自然有了胃口。此时餐桌上，多一份"生臭熟香"的苋菜馉，那必然会让乡民们胃口大开。事实上，这老陈卤腌制的苋菜馉，确能开胃，增进人的食欲。不过，现在的餐桌上，不见苋菜馉已有好多年矣。

后来发现，这苋菜馉，并没有完全消失。夜晚，你我生活的城市里，说不定哪条街巷不显眼的地方，就有个小摊位上，有人在卖油炸臭豆腐干子呢，远远的，那片街角，便弥漫在苋菜馉奇异的香味之中……那习惯了夜生活的夜猫子们，或塑料袋装，或竹签串，男男女女，叽叽喳喳，边走边咬嚼臭干子，全然一副快活样儿，也不在乎吃相有多丑矣。这种直呼其名的臭干子，被这些"80后""90后""00后"，叼在嘴上，在城里畅销起来，倒是令我们这些年过半百之人颇感意外。

无论他们对用苋菜馉汁炸出的臭干子多么青睐，他们也很难理解父辈祖辈们对苋菜馉所怀有的那份情感。苋菜馉的

"生臭熟香"，留在我们这一代以及我们上一代人脑海里的，实际上是一段岁月的记忆。

七

　　一九二九不出手，
　　三九四九冰上走。
　　五九六九，沿河看柳。
　　七九河开，八九燕来。
　　九九加一九，耕牛遍地走。

　　这首《九九歌》，在我们小的时候，那可谓是耳熟能详。尤其是到了"数九"时节，踩着河面上的冰冻，吟着这《九九歌》，蹦蹦跳跳奔向学校。那时节，真冷。一步一脚地走，那还不冻死人噢。

　　我刚读小学一年级时，还是读的本村的"村小"（乡村年级不完全小学，叫村小。一般没有小学高年级课程）。从家里到学校，出门不远便是一条大河，在我的笔下，我叫她"香河"。夏天，香河是我们乡里孩子的水上乐园；冬天，却成了我们上学路上的"拦路虎"。为何？那时，没有桥，冬天的香河上只有渡船，无人摆渡的那种。要过河，只有自己拉渡船两端的渡绳。入冬水冷，小伙伴们谁也不愿意一大早就去拉湿漉漉、冷冰冰的渡绳，反而盼望天更快冷起来。又为何？进入"数九"天，香河便结冰矣。所以，"三九四九冰上走"，我们这些孩子是有发言权的。每天都走着呢！

这样的时节，乡村的景象是肃杀的。然，就在我们经过的香河圩岸、堤埂之上，不经意间就会发现，有开着小黄花的麻菜，一簇簇，一簇簇，顶着寒风，顽强地生长着。那深绿的菜叶儿，金黄的小花，在一片枯萎中，特别显眼，给人些许亮色。

这野生麻菜，便是上好的三腊菜原料也。麻菜，属芥菜类蔬菜。李时珍在《本草纲目》中记载道："芥，性辛热而散，故能通肺开胃，利气豁痰。"这种麻菜多为野生，生命力颇为旺盛。在我们那里，是没有成片成片种植的。家乡田埂上，岸圩边，荒野外，时常有之。有着绿叶黄花的麻菜，风风火火地生长着，经风历雨，花开籽落，繁衍生息，绵延不绝，好不旺盛。麻菜的采撷，多在入冬以后。

我们这些孩子放学之后，春天要出门挑猪草，冬天便到野外挑麻菜。和挑猪草不同，挑这种野麻菜，菜根千万不能丢弃，不能随意切断。得注意留着，有大作用呢。挑回来的麻菜，经大人的手，一棵一棵收拾停当，之后，扎成一串一串的，悬于房屋朝北的檐下，风干半月左右，便可进行三腊菜的加工。其程序如下：

首先，切碎。将风干的麻菜，切成细碎的半颗粒状。处理麻菜根时，不可采用"一刀切"之办法，断除其根。应区别对待，绝大多数麻菜根，只需略加切削即可留用。之后，用刀细切，碎且匀，方妥。

其次，火燠（方言，读音如"育"）。这是一道蒸干程序。

半颗粒状的麻菜，放进普通铁锅之中，用文火，慢慢煨。何时出锅？这不能绝对依时间来定，主要是看麻菜的色泽。我们平常说的，半生不熟，此时，可用这一词儿来衡量。麻菜没完全熟，尚且半生，便可出锅。这火候把握尤为关键，直接影响以后三腊菜食用效果。注意，这麻菜千万不能全熟，全熟则颜色烂黄，麻味失尽。这时，可用手测试，以不烫手为宜，说明火候正好。

再次，配料。主要有萝卜干细丁、熟素油、细末花椒盐。这里的萝卜干细丁，是弥补麻菜根部被切除之不足，增加三腊菜食用时的口感，所谓"咯嘣脆"是也。将配料与麻菜进行均匀搅拌，等待下一道工序。

最后，装瓶。装瓶前，先散热，不至闷黄麻菜。闷黄的麻菜，也就变相增加了熟的程度，如此，食用时"通泰感"便差矣。注意用来装的瓶儿不宜大，以扬州酱菜瓶为最佳。装瓶时，要压紧，密封，而不使其原味走散。其后两周，即可食用。

新近上市的三腊菜，呈青绿色，既鲜且嫩，可醒酒，解腻，通肺，开胃。食用时，偶或有股辣气穿鼻而出，不觉眼中盈盈，口中丝丝（皆辣所至也），然胸中浊气顿释，倍感舒爽，通泰。岂不妙哉？

据说，家乡大文豪施耐庵在著述《水浒传》时，曾深入民间采风，到达兴化安丰一带，就曾品尝过当地的三腊菜。这个没有考证过，不过施公的巨著中倒是弥漫着一股冲天豪气，这跟三腊菜的品性还真相像呢。在安丰还流传着一则民谣：

安丰有三怪：

豆腐当头菜，

红烧鱼不动筷，

家家有个三腊菜。

这安丰又是三腊菜的正宗原产地，想来施耐庵先生到这带采风，食用过三腊菜，是极有可能的。三腊菜，因多半在"三九"时加工，故谓之"三腊菜"。袁枚在《随园食单》中，对芥菜的制作，介绍了四则，不妨与三腊菜的做法相参照。

香干菜

春芥心风干，取梗淡腌，晒干，加酒、加糖、加秋油，拌后再加蒸之，风干入瓶。

冬芥

冬芥名雪里蕻。一法整腌，以淡为佳；一法取心风干，斩碎，腌入瓶中，熟后杂鱼羹中，极鲜。或用醋煨，入锅中作辣菜亦可，煮鳗、煮鲫鱼最佳。

春芥

取芥心风干，斩碎，腌熟入瓶，号称"挪菜"。

芥头

芥根切片，入菜同腌，食之甚脆。或整腌晒干作脯，食之尤妙。

八

在我们老家一带的饮食搭配中，一提到香肠，几乎无一例外会跟着另外一种食品：变蛋。我们都是有这样的体验的，两片香肠夹一块变蛋，咬在嘴里，变蛋的软滑与香肠的脆韧交融在一起，口中咀嚼的质感变得多重，不像单吃香肠，抑或单吃变蛋，口感单一。此外，香肠的香和变蛋的香，融合在一起，滋生出多重香味，醇厚饱满。这似乎诱人去思考和发现，食物中所不为人知的一切。

变蛋，也叫松花蛋。质量上乘的松花蛋，玲珑剔透，看得见蛋体中的松花图案，精妙得很。香肠，是用猪小肠，抑或猪大肠灌制而成。根据灌制肉馅的口味不同，分川式肠和广式肠，前者味辣，后者味甜。而我们这一带的香肠，既不是纯粹的辣，也不是纯粹的甜。在我的味觉里，是咸香肠。这种咸，不是纯粹的苦咸，是咸中带香，咸中起鲜。似乎比川式和广式，更适合我们的味蕾。

早几年在我家，父母亲每年都要自己动手灌些香肠的。一来，过年时家里来亲戚好用来送人。二来，我过了年离家时好带些走。虽说那时候条件艰苦，物资匮乏，但每年的春节，整个大家族，整个亲友圈，都是要"走亲戚"走一遍的。

在我的印象里，家里请客，总是要分几个批次的：门上同宗的长辈、平辈、晚辈，为一批；亲戚当中，父亲这方面，有姑父、姑姑、表兄妹们，又一批；母亲这方面，有外婆、舅舅、舅妈、姨娘、姨丈，当然也有表兄妹们，等等，再一批。总之，一支庞大的亲友团，尽量面面俱到。偶有疏漏，那就得打招呼。这客，可不是那么好请的。

父母亲总是要动煞脑筋，想办法弄出几盘几碟，几个炒菜，几道烧菜。这里的几盘几碟，是指凉菜，讲究的要十道凉菜，少一点也要八道。现在我笔下的，就有三道：切香肠、切变蛋、切香肚。在餐桌上，往往是变蛋紧靠着香肠，放在一起是为了方便亲友们揸夹。偶尔性急的小年轻，夹了片香肠就往嘴里放，桌子上的长辈便会关心地责怪："细呆伙，夹上变蛋哟！"小年轻会嘿嘿地笑两声，很是为自己筷子动早了，有些个难为情。

或许是我依念父母的缘故，在我的记忆里，街上副食品商店买的香肠，总不及父母亲动手灌的香肠更香醇入味。离开家到外地读书也好，毕业后在外地工作也好，每年父母亲都会准备一些家里灌制的香肠给我，年后慢慢吃。母亲总是说，上学读书嘴苦。在那时候，香肠算是美食矣。工作之后，母亲又会说，工作为重，忙不过来，锅上蒸几根香肠，也好下饭。做父母的，心里总是装着自己的儿子。

其实，家里灌香肠，反而没有专业工厂复杂。为主的就几样：

刮肠。猪小肠洗净后，先清理肠衣内的零碎物，通常用篾制刀具在肠衣上刮，使肠衣薄到一定程度，几近透明，如此灌出的香肠，蒸煮出来较肠衣厚的更香脆。刮后的肠衣，还需要用食盐反复搓捏，去腥味，方可晾干待用。

剁馅。原料为猪肉，肥肉与精肉搭配要好，多为三七开，三分肥，七分瘦。过肥，过瘦，做成的香肠口感都不理想，肥则腻，瘦则干。有一点需要注意，猪肉剁碎时不可过细，过细香肠没咬嚼，咬劲差，味道也就差；配料多为食盐、酱油、白糖、曲酒，再加葱蒜末、生姜米、五香粉之类调味食材。这前四种配料配比同样重要，直接影响香肠口味。

灌制。和好配料的肉馅，稍作腌制便可灌入肠衣。灌肠时，挤压劲道要适当，填压密度也要适当。过松不成形，过紧会爆肠。这里有个小窍门，每灌一段，用线扎一下，以保证肠衣内无明显漏空。

晾晒。刚灌制的香肠，必须挂至通风处晾晒，既不能暴晒，香肠要保有一定湿润度，不可干瘪，又不能闷着，应蒸发的水分都没蒸发，那香肠会变味，严重的会酸掉，再食不出香肠特有的鲜香矣。

同为灌制，香肠用的猪小肠，而香肚用的则是猪尿泡。香肚，在南京人嘴里被称为"冰糖小肚"，一是因其形如苹果，娇小玲珑，故有"小肚"之称；二是因其选料好、腌制精，回味甜，有如加入冰糖一般。南京香肚，肉质紧结，红白相间，香甜可口。

其制作过程中，填料颇为讲究。猪肉须用猪后腿瘦肉，剔去皮、筋、骨，切成筷状细条肉，加上少量肥肉。通常为八分瘦肉，配两分肥肉。再配以细盐、白糖，以及花椒、八角、桂皮等调料，拌匀，腌制，之后便可灌肚。灌肚讲究边灌边揉边转，让肚内肉质紧密，用细线扎口。此时，再来一次回头看，检查一下香肚内是否有水分挤压出来，是否有不留意而形成的空隙。处理方法颇简，用竹签在肚坯上穿孔，即可。灌制好的香肚，须经过日晒、风干、发酵等工序，方为成品。食用前，又须先浸泡，再煮沸，再停火焖，直至熟透。上餐桌之前，先去表皮，腰断成半圆，后切成薄片装盘。此时的香肚，瘦肉红，肥肉白，红白相间，很是诱人食欲。

据传南京彩霞街有家"周益兴火腿店"制作香肚颇负盛名。清人袁枚所著《随园食单》中就有这样的记载："周益兴铺在彩霞街，八十多年，专制售小肚，闻名大江南北。"看来这袁才子的话，也要推敲推敲才是。这周益兴明明还做火腿，何来"专制售小肚"之说呢？不过其名气大，看来不会错。

在我们老家的圩南地区，人们又把香肚叫作"和尚头"，以外形命名也。这香肚，在未切开装盘之前，外形圆且滑，模样颇似出家僧人的头，再加之说是由一位法号慧褒的僧人首创，故而香肚被叫作"和尚头"，也在情理之中矣。

说是唐王李世民为不忘当年救命之恩，下令在兴化圩南建了座"护国寺"，有位法号慧褒的年轻和尚出家到此。怕是太年轻的缘故，耐不住佛门戒荤之禁规，加之祖传厨师之功夫，便时常背着当家师弄一些好吃的：将猪肉与豆粉搅拌，配些高味作料，制成了"香肚"。虽说众师兄尝后无不称道，无奈，当家师不能容忍。慧褒只得改行，在一家小镇上开小酒店，卖香肚，维持生计。其时，尚无"专利"之说，小和尚的妙法便渐渐传入民间。从此，我们那里民间便多出了一道凉菜：切香肚。

这圩南地区的香肚制作和南京香肚制作还是有些差异。圩南一带在原料上，除猪肉之外，增加了豆粉。其制作过程是，先将猪肉切成肉丁，然后放上生姜、葱、酱油、细盐、味精和红色素等食用作料，再加入适量豆粉，均匀搅拌，制成团状，塞进洗净之后的猪尿泡。最后外加一层纱布，入锅蒸煮至熟。晾上个把时辰，便可切成薄片，置盘中而作下酒之物矣。这里不难看出，圩南香肚是鲜制，而南京香肚则是风干发酵。因此，前者随时可以食用，而后者则需要等待两个多月，方可享用。

时代的发展，往往会突破人的思维局限。譬如香肚，这样一款 120 多年前的传统食品，现在竟焕发新枝，与比萨饼的制作工艺联姻嫁接，其中有一款"香肚菠萝比萨"，很是风靡。我没有品尝过，没有发言权。真的不知道，这样的跨国嫁接，究竟有多少生命力呢？

原载于《中国作家·纪实》2020 年第 5 期，先后入选 2020 年第 7 期《散文选刊》（选刊版）和《散文海外版》，并收入《纸上花开：〈散文海外版〉2020 年精品集》（《散文海外版》编辑部编，百花文艺出版社，2021 年 1 月出版），收入《2020 年中国报告文学精选》（中国作协创研部选编，长江文艺出版社，2021 年 1 月出版），收入《2020 中国年度精短散文》（葛一敏主编，漓江出版社，2021 年 1 月出版）。

水底的悠游

一

河蚌，又名河蛤蜊、河歪、鸟贝等，属于软体动物门瓣鳃纲蚌科，是一种普通的贝壳类水生动物。

一提及河蚌，最先跳到脑子里的，不是河蚌长什么样子，而是一个成语：鹬蚌相争。小时候的课本上有，课堂上老师讲过，自然知道后面还有一句：渔翁得利。

想想这"鹬"和"蚌"也真够蠢的，鹬只想着："今日不雨，明日不雨，即有死蚌！"蚌心里念叨着："今日不出，明日不出，即有死鹬！"结果，"两者不肯相舍，渔者得而并禽之"。

河蚌这一物象，在文人墨客笔下，则是另外一番意趣。

宋代著名的诗人苏轼曾有《赠山谷子》诗云：

> 笑君老蚌生明珠，
> 自笑此物吾家无。
> 君当置酒我当贺，
> 有儿传业更何须？

东坡居士在此用了一典"老蚌生珠"。此典语出自汉代孔融《与韦端书》，其中有："不意双珠近出老蚌，甚珍贵之。"

说的是东汉时，享誉文坛的孔融给一位名叫韦端的大将军修书，对韦将军元将、仲将二子褒奖有加，认为长子元将，学养丰厚，才华横溢，气度不凡，将来必定是个能干大事业的人；次子仲将，天资聪颖，性情温厚，将来也一定能继承家业，光宗耀祖。

说了这么多夸耀之词之后，这位孔氏名后，来了个转折，逗了一下韦大将军，说：没想到啊，这么优秀的两个儿子，竟然会出自你这个"老蚌"，实在是太珍贵了！你说这位孔圣人的"第十九世孙"，绕了这么一个大弯子，还不是笑话人家韦端年纪大？笑话人还笑话出个成语来，不佩服还真的不行。

这些多少沾有文人的酸腐之气，不为当下"80后""90后""00后"所看重。现时年青一代，欣赏的是这样的警句：命运给予河蚌的是一粒沙子，河蚌却回报世界一颗珍珠。

这河蚌育珠之因，还真是如此。不过，人工育珠则是另外一回事。

河蚌以滤食藻类为生，故而水生植物繁茂的河汊、湖荡，便是其理想居所。

我的故乡是苏北里下河出了名的水乡，一年四季，河汊、苇荡总是满盈盈的。河蚌，极常见也。

孩提时，一入夏，河汊便成了我们这些农家孩子的乐园，游泳、打水仗、掏蟹、摸河蚌。每个人都拽个澡桶，下河，系上长长的桶绳，澡桶远远地漂在河面上。三五成群，四五成趟的。人在前头，用手在岸埂边摸，用脚在河底淤泥上踩，手摸脚踩，同时进行。摸到或是踩到异物，是不是河蚌，心里是有数的。直接拿不着的，便扎猛子，潜到水底拿。河蚌多为椭圆形，两扇壳扁扁的。老蚌壳硬且黑；新蚌，尤其是三角帆蚌，壳纹清晰，有的略呈绿色，亮亮的，蛮好看的。河蚌多半立在淤泥里，碰上去，只有一道窄窄的边子，多是开口。平时，蚌仰立着，张开两扇壳，伸出软软的身体，稍有动静，便紧闭了。

摸河蚌，偶或不慎，也会出意外的。蚌张开时，你摸上去或踩上去，弄不好手指、脚趾便会被夹住。那滋味极难受，愈动蚌夹得愈紧，愈疼。听说，有人在芦荡里摸鱼，碰巧踩着一只河蚌，被夹住了脚趾头，拽出水一看，脚趾头鲜血淋淋，快断了。那人急中生智，敲破蚌壳，方得脱险。再望望那蚌，有小脚盆那般大。好多孩子均去望过那只大河蚌。

早先的河汊里，河蚌挺多。个头有大有小，外观也各有不同，有深褐色，有淡绿色，有褶纹的，有三角的，凡此种种，说不全。

我们小的时候，"玩"一下午水，能摸一澡桶河蚌。那时，好像没有卖河蚌一说。河蚌在那时不值什么钱，多是自家劈下肉来做菜。

河蚌下锅前，得去胰、剁边。胰腥气，食不得。蚌边老得很，用刀背剁剁，才煮得烂。新鲜河蚌烧汤，味道鲜美真是没得说。洗剔干净的河蚌，拣大的切一刀，尽量不切，否则蚌肉易散；差不多大的，整个儿下锅。烧河蚌汤，火功颇讲究，得慢煨。蚌肉不易烂，慢煨至烂，汤汁则愈浓、愈乳白。临起锅时，漫上韭菜或青菜头，稍微滚一滚，便能上桌了。再撒些小胡椒。那汤色，完全乳白，鲜奶一般。就连那配料的韭菜或菜头，也鲜得不得了。这道菜，汤白，菜青，好吃且悦目，颇能撩人食欲。

河蚌当然也可入药。明代著名医药学家李时珍，在他那部著名的《本草纲目》中就有记载："真珠入厥阴肝经，故能安魂定魄，明目治聋。"此处"真珠"，即珍珠。

河蚌入得城来，起先好像不是用来做菜。剔了蚌肉，取蚌壳，收进工厂，说是用处大着呢。后来才晓得，蚌壳能做纽扣，是极好的纽扣原料。

再想想，我家屋后的小沟旁，那时总是堆着成堆成堆的蚌壳子，废弃了，怪可惜的。

蚬子是一种软体动物，介壳形似心脏，有环状纹，蚕豆般大小，生在淡水淤泥之中。在我老家极常见，极易见。农家孩子放了学，在泥渣塘拾螺螺时，一样能拾到蚬子。

汪曾祺先生在《故乡的食物》中是这样写蚬子的：

> 蚬子是我所见过的贝类里最小的了，只有一粒瓜子大。蚬子是剥了壳卖的。剥蚬子的人家附近堆了好多蚬子壳，像一个坟头。蚬子炒韭菜，很下饭。这种东西非常便宜，为小户人家的恩物。有一年修运河堤。按工程规定，有一段堤面应铺碎石，包工的贪污了款子，在堤面铺了一层蚬子壳。前来验收的委员，坐在汽车里，向外一看，白花花的一片，还抽着雪茄烟，连说："很好！很好！"

清人李调元在《南越笔记·白蚬》中对蚬子也有很好的描述："粤人谣云：'南风起，落蚬子，生於雾，成於水，北风瘦，南风肥，厚至丈，取不稀。'"李调元交代得挺细的。我的家乡人考虑得没这么细。似乎入夏之后，就可以捕捞到蚬子。

平日里，孩子们叫"拾螺螺"，而不叫"拾蚬子"，至于蚬子，则叫"趟"。在学校，听老师讲完一天的课程之后，扔下书包，三五个小学生，便提了篾篮子，扛了"趟网子"（乡间的一种渔具），钻芦荡，转漕沟。有路人问起："细猴子，做什呢？""趟蚬子去。"头也不回，只管往前走。用不了多会儿，便能望到他们拎了满篾篮蚬子。

我们小时候"趟"到的蚬子，似乎是多个品种混合在一起，没有单一的品种。不像通常介绍的黄蚬子、花蚬子、白蚬子区分得十分清楚。

农村人对蚬子似乎不及对螺螺友善。拾来的螺螺养几日，便一只一只剪去尾部，洗净做菜，而蚬子多是做了鸭饲料。普通农家，多半有三五只蛋鸭。听大人说，蚬子肉与壳一样有营养，蛋鸭吃了，容易盘蛋壳，不生软黄蛋，下蛋多，且大。自然，孩子们偶或会在饭桌上见到炖鸭蛋之类的佳肴。于是，钻芦荡，转漕沟，趟蚬子，便更来劲了。

蚬子不及螺螺好养。螺螺拾回来，给它一只小盆之类，能养好几日。蚬子则不行，时日一长，便会哑嘴，变质，有异味，只好倒掉。所以，要吃蚬子的话，趟回后，只需稍养一段时辰，洗净蚬贝上污物，便可用清水饷。此处不用煮，而称饷，甚妙。饷好的蚬子，贝壳自然开裂，从贝壳中获得蚬肉，很是容易。乡里人，用蚬肉，或红烧，或清煮，或做汤，均是一道家常小菜。最是那烧蚬汤，叫人流涎。

饷好的蚬肉与青菜头爆炒，片刻之后，兑入饷蚬时的蚬汤，汤一滚，即需起锅，便可享用。这刻儿，蚬肉嫩，蚬汤白，菜头碧，尝一口，鲜美诱人。值得注意的是，这里用的青菜头，须是现时吃现时从地里拔上来的，方才鲜活；蚬汤，用饷蚬时的原汁，淀清后再兑入。这道菜，纯粹乡土。

因工作的缘由，居城中时光长了，无这等口福久矣。

平时对佛教缺少研究，因而孤陋寡闻，没想到竟有位僧人叫"蚬子和尚"。对这位京兆人氏，《神僧传》中这样记载：

"事迹颇异居无定所。自印心于洞山。混俗闽川。不畜道具。不循律仪。冬夏唯披一衲。逐日沿江岸。采掇虾蚬以充其腹。暮即宿东山白马庙纸钱中。居民目为蚬子和尚。"

因其食"虾蚬"而落得"蚬子和尚"之别号，倒是蛮有意思的。更有意思的是，这样一位行为举止异常的僧人，引来不少同道纷纷"点赞"，至少也能说明"点赞"者的心态吧！不妨抄录一首，以示佐证。宋人释绍星，给"蚬子和尚"赞道：

> 除了捞波一窖无，
> 逢人谩说走江湖。
> 虾针取你性捞摵，
> 不到得拿龙颔珠。

二

> 瓦盆重叠漾清波，
> 赚得潜鳞杜父名；
> 几日桃花春水涨，
> 满村听唤卖鱼声。

这首《竹枝词》中的"杜父"，即虎头鲨。在我们童年的印象里，虎头鲨这种野生小鱼，乡里极常见，乡民们俗称"虎头呆子"。

　　就是这野生小鲨鱼，叫法还真不少。汪曾祺先生曾著文说："苏州人特重塘鳢鱼。上海人也是，一提起塘鳢鱼，眉飞色舞。塘鳢鱼是什么鱼？我向往之久矣。到苏州，曾想尝尝塘鳢鱼，未能如愿。后来我知道：塘鳢鱼就是虎头鲨。"

　　汪老还引用了袁枚的《随园食单》："杭州以土步鱼为上品。而金陵人贱之，目为虎头蛇，可发一笑。"从袁才子的介绍中，虎头鲨又多了俩名：土步鱼和虎头蛇。

　　这种鱼，身体颜色似土，冬天潜于水底，附土而行，故名土步鱼。而"虎头蛇"和虎头鲨，应该是一回事。此鱼属鱼纲塘鳢科，亦名沙鳢。其原产地为泰国、马来西亚等东南亚国家，还是一种养殖类鱼种，正规中文学名为低眼无齿。

　　这就跟我们原先知道的大不一样了。在我们那里，有虎头鲨养殖，是好多年之后的事情。原先只有野生，无人工养殖。

　　对这种鱼的长相特点，汪曾祺先生也有描绘。汪老说："这种鱼样子不好看，而且有点凶恶。浑身紫褐色，有细碎黑斑，头大而多骨，鳍如蝶翅。这种鱼在我们那里也是贱鱼，是不能上席的。"

　　虎头鲨这种长相，"不好看"那是一定的。至于说"有点凶恶"，我们小时候倒是没有感觉得到。虎头鲨，粗看，扁扁的嘴，大大的头。细看时，竟是一身灰黑色虎皮斑纹；其头，倒真有几分虎气。我们感觉好笑的是，其徒担一个"虎"名，并没有因此凶猛起来，反而落下个"呆子"的绰号。有点滑稽。你想，那时谁愿意去养殖这种既"不好看"，又"不能上席"的"贱鱼"呢?

况且,捕获虎头鲨的方法极简便。在苏杭一带,早就有"滨湖之家以瓦为阱或用破舟沉水中,隔宿起视则鱼已穴处焉"这样的古法。而在我们那里,只要寻得虎头鲨的居所,捕获则容易得很。老家属里下河水乡,河汊颇多,两岸红皮水柳,抚风点水。那河堤边,水柳根下,便是虎头鲨喜居之地。如若发现根茎内,隐有洞穴,这便是虎头鲨的窝,你只要一手拦住洞口,另一手去捉,至少够一顿下酒菜的。这便是乡间摸鱼人常干的活儿。小时候,我和我的小伙伴们,也经常干这样的事儿。

虎头鲨性憨易捉,"呆"名源出于此。

虎头鲨手感粗糙,那一身"呆"肉,却极细嫩。做起汤来既鲜又白,且无丝卡,孩童也能尽情消受。据说,哺乳期的女人如缺奶水,食之可催奶。《随园食单》中对虎头鲨制作亦有介绍:"煎之,煮之,蒸之俱可。加腌芥做汤,做羹,尤鲜。"旧时《杭州菜谱》里也记载了三道虎头鲨馔:"春笋烧土步鱼""酱烧土步鱼""象牙土步鱼"。宴席间常见的炒鱼片,多用乌鱼为原料,其实最妙是要数虎头鲨鱼片了。虎头鲨鱼一身顶精贵的,怕要数它的鳃肉了。每条虎头鲨鱼只能取下两块,极小,呈扁圆状。虽说精贵,可讲究一些的,净用这鳃肉炒菜,炒三鲜,煨汤,其鲜,其嫩,无可比拟。这在兴化乡间是极方便的一道美肴。

据说,当年宋庆龄在上海宴请几位来访的外宾时,曾请上海名厨何其坤掌勺烹制了一款姑苏名菜"雪菜豆瓣汤"。

需要言明的是，这"豆瓣"不是那种植物之豆瓣，而是取虎头鲨两块腮帮肉入菜。鱼呼吸时，靠的就是腮帮，几乎是动个不停，最活最鲜，也就不奇怪矣。不过，一条虎头鲨也只有那么两小片"豆瓣"肉，要烹制一碗"雪菜豆瓣汤"，没有几十条虎头鲨是无论如何做不成的。当然，烹制技术也是重要的。否则，出不来雪菜绿、"豆瓣"白、汤汁清之效果，给客人的观感、味感就差了。

民国《萧山县志稿》载，虎头鲨"出湘湖者为最，桃花水涨时尤美"。唐代诗人白居易当年离开杭州时，曾痴迷地写诗道："未能抛得杭州去，一半勾留是此湖。"清代诗人陈璨将白居易"勾留"的部分原因，归于虎头鲨、团脐蟹之类"美味"，也不是没有道理。其《西湖竹枝词》有云：

> 清明土步鱼初美，
> 重九团脐蟹正肥。
> 莫怪白公抛不得，
> 便论食品也忘归。

鳑鲏儿、罗汉儿都是体形极小的小鱼。比较起来，鳑鲏儿更好玩一些。

鳑鲏儿，跟我们小时候玩的铜板那般大小，扁扁的肚皮，小小的头，细细的眼。这种鱼好玩，好玩在它的小巧。鳑鲏儿的大小，是以毫米为单位的，多数为50～60毫米，小的仅30～40毫米，真的是惹人爱怜的。再者，鳑鲏儿，从古籍中查得的名字，典雅得很，似乎不是这样一个小小鱼儿能配的。在《尔雅》中，有"鳜鲦""鱳鲋"之称；在《古今注》中，有"婢聂""青衣鱼"之称；在《医林纂要》中，有"文鮏"之称；在《尔雅翼》中，叫"旁皮鲫"；在《滇南本草》中，叫"鲹鱼"。凡此等等，真是五花八门。

说鳑鲏儿好玩，好玩在它们群居。见到它们时，总是一趟一趟的，极少有孤零零的，一两条散户的。这样它们行动起来，不一样了，有了排场，有了气场，不可小觑。

别看它们的外形没多少差别，但身体的色彩和纹路，则多种多样。有浑身亮晶晶的，眼睛尾巴对应有小红点儿的；有身体中央贯穿一根蓝线，尾部留有红斑点的；有背鳍、胸鳍带紫红色，身体后半部分临近尾部中央有一小段蓝线的；有下颚、前腹部，以及胸鳍，三处都呈金黄色的；有背鳍、胸鳍，呈黑色，整个身体中央，似一道墨线一般的；有背鳍、胸鳍、尾鳍，以及身体中央都呈多彩的……实在是色彩斑斓，不能一一细述。

这种鱼，生性活泼，在水中亦有翩跹舞姿，试想，那该是何等绚丽，何等浪漫！难怪这鳑鲏鱼，赢得了"水中蝴蝶"之美誉。看着它们成群地在水中悠然而行，真的有如蝴蝶纷飞于天空，给人一种别样的美。

鳑鲏儿，还有个好玩之处，在于它们的繁殖。在繁殖期，雄性周身呈现色彩比平时更为艳丽，被称为"婚姻色"；雌性则拖着长长的输卵管，在雄性陪伴下，结伴而游。此刻，它们寻找的重要目标，是有河蚌的所在。雌鱼只要发现河蚌，便会主动将输卵管插入蚌体的入水孔中，随后将卵产在蚌体之中，而雄鱼也会跟进，在雌鱼产卵处射精。如此，它们便完成了繁衍后代的重要使命。鳑鲏鱼的受精卵在蚌壳内无忧无虑地生长发育，直到孵化成幼鱼，方才离开。

让人觉得好玩的是，在鳑鲏鱼完成它们的重要使命的同时，河蚌也没有闲着。因为河蚌的产卵期，正好与鳑鲏鱼相同，所以，当鳑鲏鱼将卵产在蚌体之内的同时，河蚌也将卵散在了鳑鲏鱼的身体上。河蚌的卵黏附在鳑鲏鱼的鳃、鳞、鳍上，吸收着鳑鲏鱼身体的营养，过着寄生生活，直至变化形态，转为幼蚌，方才破包囊，坠入水中独自生长。

这鳑鲏鱼与河蚌倒真是友爱，相互之间替代对方，抚育后代，形成了一条独特的生物链。据说，不同的鳑鲏鱼，产卵时，还会寻找不同的蚌体。

罗汉儿，学名麦穗鱼，因其线条流畅，形似麦穗，故而得此名。除了这"麦穗"之称尚且算得上是雅称之外，其"草生子""混姑郎""肉柱鱼""柳条鱼"等诸多俗名，真是俗不可耐，让人有些为这罗汉儿叫屈。

在我的印象里，如果鳑鲏儿是水中蝴蝶，那么罗汉儿便是水中健将。这从它的体形上就看得出来。这罗汉儿，与鳑鲏儿迥然不同，长长身子，圆滚滚的，满身是肉。

水中游动着的罗汉儿，身体匀称，水中姿态流畅，整体具有美感；身长背高，体形雄浑有力，水中气势明显占优；再加之，背鳍张如扬帆，提速很是迅疾，活脱脱一健将尔。

当然，这鳑鲏儿、罗汉儿也有不运动的时候。那它们多半会停歇在河堤边的沙泥上。若是到了农家淘米煮饭的当口，那村庄的水桩码头上，大姑娘、小媳妇手中的淘米箩一下水，手在箩中搅拌几下，便有淘米水漫漾开去，吸引得成趟成趟的鳑鲏儿，翩跹而来。罗汉儿则快速行动，在淘米水荡漾着的水面，来回穿梭，大口吞食。还有一种俗名"沙姑子"的小鱼，它就表现得与鳑鲏儿、罗汉儿完全不一样，它要等到淘米水浆荡漾到自己的身边，才肯张开嘴，坐享其成。

罗汉儿不及鳑鲏儿中看。我们小时候，常常从小河里逮些个身体上带彩的鳑鲏儿，放在家里养着玩。我自己就曾用淘米箩捉过一种红眼绿肚皮，且浑身都闪着绿光的鳑鲏儿，装进小瓶子中玩赏，很是当作个"宝贝"呢！然而，那鳑鲏儿模样再好看，也养不过一天。死了，并不伤心，家前屋后的小河里，鳑鲏儿多着呢，只要你愿意，逮就是了。

乡里人弄罗汉儿，也弄鳑鲏儿，不是为了养，而是做小菜。村上，时常可听到渔人的吆喝："鳑鲏儿罗汉儿卖哟——"其声甚是悠扬，问之价，答曰："二毛五一斤！"极便宜。

村里人吃罗汉儿、鳑鲏儿自有一种吃法。将罗汉儿、鳑鲏儿混在新鲜的水咸菜里，再加作料红烧，烧好之后，使其冰成鱼冻，第二日，才端出享用。

这时罗汉儿、鳑鲏儿进得口去，软且滑，鲜且辣，凉中见爽，辣中生暖，其味自有一种美妙。

不过，这种吃法只在隆冬时节。有童谣唱曰：

冬天冬天快快来，

鳑鲏儿罗汉儿烧咸菜，

哪个见了，

哪个爱。

三

池塘的水满了雨也停了，

田边的稀泥里到处是泥鳅。

天天我等着你，

等着你捉泥鳅。

大哥哥好不好，

咱们去捉泥鳅。

小牛的哥哥，

带着他捉泥鳅。

大哥哥好不好，

咱们去捉泥鳅。

　　这首名叫《捉泥鳅》的台湾校园歌曲，诞生于 20 世纪 70 年代，由那个年代最具代表性的民歌手包美圣演唱，风靡宝岛台湾，之后传播到大陆，广为传唱。这在我们这个年岁的人，印象是很深的。

　　泥鳅的分布是极广的。不只中国有，日本、朝鲜、俄罗斯以及印度等国家都有。

在我们那儿，也有一则乡间俚谣，几乎是人人皆知。其词如下：

> 五月里是端阳，
> 黄鳝泥鳅一样长；
> 八月里是中秋，
> 黄鳝是黄鳝，
> 泥鳅是泥鳅。

泥鳅，与黄鳝相比，形体短且胖，多呈黄色，偶有灰色花纹的，亦无鳞，小嘴，有短须。泥鳅，身滑，喜动，难捉，多借淤泥藏身，倒也不枉用了一个"泥"字。早年间，兴化多沤田，泥鳅极多。农家孩子放了晚学，丢开书包，便到沤田、漕沟里张"卡"。"卡"用芦苇作杆，蚯蚓作诱饵。晚间张下去，第二日清晨去取，每杆卡上都有一条"上了当"的大泥鳅，活蹦乱跳，肥肥胖胖。

泥鳅，被称为"水中人参"，性味甘平。李时珍《本草纲目》中记载，泥鳅有暖中益气之功效，"补中、止泻"。

泥鳅的做法极多，泥鳅汤较常见，做法亦简。主要原料当然是泥鳅，配以水发木耳、春笋之类。制作时，先处理泥鳅，用热水洗去黏液，去内脏，洗净，用油煎至金黄。再做配料准备，在烧开的油锅里放入葱末、姜末，稍炸后，加入木耳、笋片，炒上几炒，适时加适量清水。此时，放入泥鳅，加料酒、食盐少许，煮熟即可食用。

这里，看似平常的加水环节，值得注意。"适时""适量"二词最难掌握。"适时"，配料准备时，炒制火候要恰好，否则，配料之味出不来，食效不佳。"适量"，其实不只是这道菜，其他菜品对加汤亦如此。讲究一次加到位，多不得，少不得。多则味寡，少则易煳，皆不可取。中途加汤，则原味尽失，乃烹饪大忌。

泥鳅体胖多肉，当然也可红烧，可做成泥鳅丸子，以配配菜之用。值得一提的是，我的故乡，民间流传着一种"泥鳅钻被单"的做法。先将活泥鳅洗净，放到清水里养至数日，使其吐净体内污物。这里有个小窍门，往清水里滴几滴食用油，泥鳅吐污会更彻底。然后，将活泥鳅放至配好作料的豆腐锅里。此处亦有注意点，豆腐需整块的，养汤为宜。之后，温火慢煨，渐加大火势。待汤热了，泥鳅自觉难忍，便钻进此时还凉着的豆腐内去了。终至汤沸，泥鳅便藏身豆腐，再也出不来也。端出享用，其嫩，其鲜，其活，其美，妙不可言。

这道菜，虽上不得正儿八经的宴席，可不比一道"大烧马鞍桥"差，且只有入得乡间才能一饱口福。

长鱼，无鳞，形体特长，多钻淤泥生存，亦有洞居。长鱼正经八百的名字叫"黄鳝"。然，村人中从未这般叫过。倒不是那黄鳝的"鳝"字认得的人不多，即便读了几年大学，回得家乡，从乡亲宴请的餐桌上见到黄鳝，也会呼之曰：长鱼。其中缘由，三言两语，想叙说清爽，颇难。

　　故乡一带，见到的野生鱼中，形体长的，怕难超过长鱼了。乡里人称黄鳝为长鱼，倒是名副其实，大实话一句。乡里人自然晓得长鱼的特性。长鱼，或"张"，或"逮"，均可取得。张长鱼，与张泥鳅不同。张泥鳅，用的是"卡"，张长鱼，则需要"丫子"（民间的一种渔具，"人"字形，芦柴篾子制作而成，考究的也有竹篾子做的），张长鱼，在乡里孩子嘴里便成了"张丫子"。初学的孩子，用草绳兜起十来只丫子，背在身后，也有分成两半，用竹竿挑在肩头的，嘴里念叨着大人教给的秘诀："冬张凸壁，夏张凹。"寻得栽好秧苗的水田，沿田埂边，张下丫子，七八步远张一只。张丫子时，先理好一臂长左右的田埂，之后，将丫筒子淹水埋下，用淤泥在丫筒两端围成喇叭形，丫子带小帽的一端稍稍翘出水面，这样便成了。值得注意的是，丫筒两端，不宜淹水过深，深了无长鱼进去。但一定得淹入水中，若有筒口露出水面，弄不好会有水蛇进去，那便是张蛇的了。丫帽的一端翘起亦需适宜，过翘与不翘均不理想。傍晚，将丫子张下水田，翌日大早去收。丫子张长鱼，靠的是丫筒两端"丫须"上的倒刺，长鱼顺刺而入，逆刺难出，因而，入得丫筒的长鱼，想往外溜，则相当不易。

　　说起逮长鱼，想到梁实秋有一自相矛盾的说法。梁先生在《雅舍谈吃》一书中提及，他小时候，家里的"鳝鱼是放在院中大水缸里的，鳝鱼一条条在水中直立，探头到水面吸空气，抓它很容易，手到擒来"。随后又说，"因为它黏，所以要用抹布裹着它才能抓得牢"。

　　"手到擒来"，说明易捉。而"用抹布裹着它才能抓得牢"，则说明不易捉。岂不自相矛盾？其实，这逮长鱼，还真是个"技术活儿"，正所谓，会者不难，难者不会。而对于土生土长的农村孩子来说，逮长鱼，没有什么费难的，均在行得很。

　　夏夜，三五个孩子成了帮，提了铅桶之类，点了蘸满柴油的火把，在秧田间的小道上徐行，红红的火把下，偶见田中有长鱼，伸头出水，仰身朝天，浑身黄黄的。这当儿，便有人悄悄蹲下伸出中指，插入水中，贴近长鱼时，猛用劲一"锁"，长鱼便"锁"住了。夜间，长鱼似眠非眠，体内乏力，多沿田埂缓行，一旦受惊则猛窜，想逮，就难了。乡里孩子多有一手"锁"长鱼的功夫。一夜下来，逮个五六斤，向来是不算个事儿的。但，也有转了一夜田埂，收获甚微的。总不能空桶而归，于是，干起那顺手牵羊的好事——倒"丫子"。将别人张好的丫子，一一倒过，再张下。那张丫子的，只得自认倒霉了。因为，半夜起过身的丫子，再进长鱼的，少得很。这当中，弟弟晚上逮长鱼，夜里倒了哥哥张的丫子，这种事，也不是不曾有过。

　　那时节，长鱼倒是便宜，五六毛钱一斤。农村人，自家孩子张的，逮的，要吃了，从小水缸里捞出斤把二斤来，饷好，与韭菜爆炒，挺下饭的。说到长鱼与肉红烧，那是城里现时的吃法，早先的乡间则不这般做。一来既吃鱼又吃肉，太浪费，二来鱼、肉在一起需慢煨，没工夫。不如韭菜炒长鱼，下锅一刻儿就好，好了往饭碗上一堆，带了饭碗就能下田了。农人的时光哪能在锅台上浪费了呢？

　　至于梁实秋先生在《雅舍谈吃》中所写"黄鳝"入菜的种种做法，则沾了一个"雅"字，乡里极少见。不过，他倒是带着极强的个人色彩来谈的。感觉得到，梁先生对"炒鳝糊"没有太多好感，甚至有些不以为然，在他看来，煮熟的黄鳝"已经十分油腻"，再"浇上一股子沸开的油"，似乎没有什么必要。而那些"大量笋丝茭白丝之类，有喧宾夺主之势"，不满之情绪已十分明了。于是，"就不能不令人怀念生炒鳝鱼丝了"。

　　看得出来，梁实秋先生对这道"生炒鳝鱼丝"的介绍，完全是喜形于色了："我最欣赏的是生炒鳝鱼丝。鳝鱼切丝，一两寸长，猪油旺火爆炒，加进少许芫荽，另盐，不须其他任何配料。这样炒出来的鳝鱼，肉是白的，微有脆意，极可口，不失鳝鱼本味。"

　　当然，梁先生对淮扬一带的"炝虎尾"给予了认可："淮扬馆子也善做鳝鱼，其中'炝虎尾'一色极为佳美。把鳝鱼切成四五寸长的宽条，像老虎尾巴一样，上略宽，下尖细，如果全是截自鳝鱼尾巴，则更妙。以沸汤煮熟之后即捞起，一条条地在碗内排列整齐，浇上预先备好麻油酱油料酒的汤汁，冷却后，再撒上大量的捣碎了的蒜（不是蒜泥）。宜冷食。样子有一点吓人，但是味美。"

　　如今，梁先生所列举的黄鳝的一些做法，城里的酒店多半都已列入菜单。唯有这"炝虎尾"，至今无缘得以一见。

　　毛鱼，规规矩矩地该叫鳗鱼。古称刨花鱼。说是鲁班在巢湖中修建庙宇时，刨花落入湖水之中变化而来。显然，这是为其古称找个说法罢了。

　　毛鱼与长鱼仿佛，身体长而无鳞，形体圆乎乎，滑溜溜，无一定技能者，捉之不易。两者外观色泽不同，毛鱼其背部呈青灰，腹部银白。

　　既然毛鱼仅存民间口头，那我在这小文往后叙述中，也规矩一回，将"毛鱼"换称之为"鳗鱼"。

　　据说，全世界有鳗鱼18种，以其生存地域可分为河鳗和海鳗两大类。河鳗，又有蛇鱼、风鳗、白鳗、白鳝、青鳝、青鳗、流鳗等称谓；海鳗，亦有黄鳗、青鳗、赤鳗、海毛鱼、即勾、狼牙鳝、青鳝、白鳝、牙鱼等称谓。另外还有沙毛鱼、黑羽毛鱼之说。最是那"黑羽毛鱼"，通体乌黑，样子古怪，有点儿吓人。所以落下个"黑魔鬼"的坏名声，也是咎由自取，不值得同情。借名的，还有毛毛鱼，跟毛鱼除了同属鱼类，实在是没有任何血缘关系。而借名借得有点离奇的，属两种植物：毛鱼黄草和毛鱼臭木，那真的与毛鱼半毛钱的关系都没有。让自己的大名冠以"毛鱼"二字，只能说明这大千世界，实在是丰富多彩。

　　鳗鱼是一种洄游鱼类，原产于海中，溯游至淡水水域长大，后回到海中产卵。每年春季，大批幼鳗成群结队，浩浩荡荡，从大海长途远游进入江河口。雄鳗鱼通常就在江河口定居生长，而雌鳗鱼则逆水而上，溯游进入江河流域以及与江河相通的广大湖泊，之后便在江河湖泊中安家生长、发育。

说起来，鳗鱼还是有其神秘色彩的。其洄游的过程，极其艰辛，且不说它。这个过程中，鳗鱼"绝食"时间达一年有余，实在让人类难以想象，觉得不可思议。还有就是，鳗鱼的性别转换，让我们同样觉得不可思议。原来鳗鱼的性别，受环境因素，以及它们生存密度的影响，当生存密度高，而食物又不足时，雌鱼会变成雄鱼；当生存密度低，且食物丰富时，雄鱼则会变成雌鱼。有专家称，人工养殖的鳗鱼，寿命可长达50年，也算是长寿鱼了。当然，与"千年乌龟万年鳖"比起来，似乎不值一提矣。

鳗鱼，往往昼伏夜出，喜欢流水、弱光、穴居，常在夜间捕食，食物中有小鱼小虾之类。说起来让人有点不可接受的是，这鳗鱼非常喜欢食用腐烂动物尸体。

儿时的记忆里，夏季，农家孩子的乐园在河汊。游水，摸虾、踩蚌、掏蟹，营生可多啦。细猴子，浑身精光，出入水中，清凉惬意，自由自在。偶尔，会从河中漂浮着死猪、死狗之类头颅骨中，捉出条鳗鱼来，其过程虽然有些令人作呕，但捉到肥肥胖胖的鳗鱼，还真是叫人开心死了。要知道，那时候，农家的餐桌上很难见荤腥的。好不容易捉到的鳗鱼，此时一定双手"锁"紧，两腿踩水速游，近得水桶，才慢慢放入，若让其窜入河中，那可就前功尽弃也。这时候，三五个细猴子，围了水桶，好一阵观看。见那细头、长身，浑身肥得快冒油的鳗鱼，在水桶里来回游动，馋得人口水直往外流。

即便是流口水了，鳗鱼拿回家，也还是不见下锅。被大人腌制起来了。时隔数日，家中窗台上便能看到些许咸鳗鱼段子，太阳底下晒得直冒油。征得大人允许，挑两三段，放在小钵子里，配上油、盐、姜、葱之类，就着饭锅里炖。上得餐桌，多为孩子们享用，大人偶尔尝一下。那滋味真不错，油渍渍，香喷喷，肥腴腴，好不解馋。

在我的故乡，鳗鱼用钩"张"，用网"拉"，皆可得。这里打鱼人，独船作业，便是"钩张"。三五条渔船聚在一处，便用网"拉"。几"墙"网一齐下水，船在河中行，人在两岸走，纤绳拉得紧绷绷的，号子喊得响亮亮的，惹得农家孩子三五成群溜到圩岸边观看。也有大人提了小篮子在岸上边看边等，网一出水，能买些"刀子""白条子"之类的小鱼，一来价钱便宜，二来活蹦乱跳的，回家就下锅，讨个出水鲜。那鳗鱼，肥肥胖胖的，躺在渔桶里，模样挺讨人喜欢的，只是价钱太贵，乡里人则不开这个口的。

鳗鱼被称作水中的软黄金，历来被视为滋补、美容之佳品。日本人的烤鳗饭颇为有名，现在传遍中国诸多城市也。尤被现时的年轻人青睐。

在我国的古代典籍《掌中妙药》《圣惠方》《本草纲目》中均记载了鳗鱼的神奇食疗功效：补虚、暖肠、祛风、解毒、养颜、愈风，疗腰肾间湿风痹，治传尸疰气劳损，暖腰膝，起阳，治小儿疳劳、妇人带下。

鳗鱼肉肥味美，煎炸、红烧、炒、蒸、炖、熬汤，无所不可。前面所述晒干后的鳗鱼段子，有个专有名词，叫鳗鲞。食用时可用水发之，切丝入汤，味道也很好。

鳗鲞，在我的印象里，是不用水发的。我们家中多半是加配好的作料，也就是寻常葱姜之类，置于锅内隔水蒸，蒸熟之后的鳗鲞，如前文所言，"油渍渍，香喷喷，肥腴腴，好不解馋"。这些都是民间做法。清代袁才子在《随园食单》中有三道鳗鱼的做法，较为典型，现抄录如下：

汤鳗

鳗鱼最忌出骨，因此物性本腥重，不可过于摆布，失其天真，犹鲥鱼之不可去鳞也。清煨者，以河鳗一条，洗去滑涎，斩寸为段，入磁罐中，用酒水煨烂，下秋油起锅，加冬腌新芥菜作汤，重用葱、姜之类，以杀其腥。常熟顾比部家，用纤粉、山药干煨，亦妙。或加作料，直置盘中蒸之，不用水。家致华分司蒸鳗最佳。秋油、酒四六兑，务使汤浮于本身。起笼时，尤要恰好，迟则皮皱味失。

红煨鳗

鳗鱼用酒、水煨烂，加甜酱代秋油，入锅收汤煨干，加茴香、大料起锅。有三病宜戒者：一皮有皱纹，皮便不酥；一肉散碗中，箸夹不起；一早下盐豉，入口不化。扬州朱分司家制之最精。大抵红煨者以干为贵，使卤味收入鳗肉中。

炸鳗

择鳗鱼大者，去首尾，寸断之。先用麻油炸熟，取起；另将鲜蒿菜嫩尖入锅中，仍用原油炒透，即以鳗鱼平铺菜上，加作料煨一炷香。蒿菜分量，较鱼减半。

四

黑鱼倒是名副其实的。浑身黑笃笃的，脊背尤黑。至腹部，鳞色淡成瓦灰，如接二连三飘浮来的瓦灰云。因而，无论是俗名"黑鱼"，还是学名"乌鳢"，都由其身体颜色而赋名。

这种鱼，一见就是一副凶相，不好惹。最是那一口利齿，张口便咬，厉害得很。小鱼小虾，从其身边经过，那便如同到了"鬼门关"，九死一生，在劫难逃矣。

黑鱼，在捕食之时，往往取凶猛之势，攻击迅疾而有力，以一举捕获为必杀技，从不拖泥带水。这跟它的身形有很大关系。其黑色的脊鳍、腹鳍，短且小，紧贴身体，浑身圆溜溜，实在在，没多余的附着，显得干练、流畅、精神。这种模样，天生就是好战分子。不仅小鱼小虾不放过，就是自己的同类，也会自相残杀。因此，那些以开挖鱼池为基地，从事养殖的养殖户，最担心的，便是鱼池中出现黑鱼。只要有一条黑鱼存在，所养殖的其他鱼类，生存难矣。

在我的老家，早年间多沤田，水汪汪的，只种一季水稻。

一个成人，站在沤田里，都要陷至大腿根部的。这沤田里，多水，多淤泥。往往是一到春夏发水时节，沤田里便会毫无由来地生出许多的鱼来，野生的小鱼小虾不谈，上斤两的鲫鱼、鳊鱼、鲤鱼，还有昂刺鱼、季花鱼、泥鳅、黄鳝之类，这当中让人捕获之后感到兴奋，有捕获感觉的，便是黑鱼。

也许有人会问，你刚才不是说，有了黑鱼，其他鱼难以生存吗？这沤田里，怎么会有那么多大大小小的杂鱼，且又存有黑鱼呢？这得要容我再细述一番。

上述所言那些杂鱼，其实是过水鱼。多为发大水从河汊里溯游进入稻田之中。而黑鱼，就不一样了。它属地地道道的原住民，生活在这稻田里时间久矣。有的甚至经过干旱季节，黑鱼都能深藏于田底潮湿的淤泥里。这要是从沤田里捉到一条，那就是不得了的"巨无霸"了。当然，这样过大的黑鱼，吃起来味道反差了，原因便是活得太久，肉质老掉了。

故乡人之于黑鱼，多半是叉戳，钩钓。

夏日里，菱蓬、水草繁旺的水面，偶或有黑鱼乌儿（黑鱼幼年的俗称）出没，成趖的，东游西荡，时而露头叭水，时而水底嬉戏，样子甚是顽皮。懂鱼性的，一望便知，深水处定有老黑鱼。这里，有个细节需要交代，到了交配期的黑鱼，无论公母，都会嘴衔长长的水草，忙碌着为自己产卵筑巢。只要你在一片水面当中，看到一处水草浓密的所在，那多半是黑鱼产卵的巢。母黑鱼会把卵产在浓密的水草丛中，之后，公黑鱼随即会在此射精。由此，两条亲鱼，便形影不离，守护于此，以防自己的后代遭遇不测。它们自然知道，这新产的卵，不用说其他方面的威胁，就是同类的威胁，就已经让两条亲鱼马虎不得。巡逻，看守，一刻不离，即便到了小黑鱼乌儿出世，由小蝌蚪状，脱胎成形，两条亲鱼也总是不肯离开它们的后代。没想到，如此凶残的黑鱼，竟然这般疼爱自己的子女，总是暗中保护，不离不弃。也真是奇了。

对于捕鱼者而言，发现黑鱼乌儿之后，只要手持鱼叉——一种捕鱼用具，构成颇简单：一根竹竿子，粗细、长短均相宜。端头绑上铁制叉头。叉头共五个爪，围成圆形，尖尖的。周围四个，一般长短；中间一个，稍长，且有倒刺。鱼戳上去，想逃，难矣。

悄悄沿堤岸，跟上一个时辰，把准时机，下叉。一条活蹦乱跳的黑鱼，便戳住了。这时，若是扬扬得意，拎了新捕获的黑鱼，扛了鱼叉，往回走，那就错矣。

何故？原来，疼爱自己的子女，是两条亲鱼共同的责任，在护佑幼鱼阶段，它俩是形影不离的。还有就是，两条亲鱼之间，可谓是夫妻恩爱，夫唱妇随。此时，你戳了一条，另一条定会在此来回寻找。只要稍事歇息，故技重演，自有收获。

当然，用叉，不精不行。不精，往往叉下去了，不见有鱼。那黑鱼，虚惊一场，早跑了。用叉没把握的，便是用钩钓。

钓黑鱼，与钓一般的鱼不同。一是钩，与一般的钓鱼钩有区别，得大，且长。二是诱饵，颇特别，不如钓其他鱼那般讲究，常见的是泥团子。三是钓法不一样，钓其他鱼，讲究静坐，钩下水，一沉个把小时，一动不动，也是常事。钓黑鱼，则用黏土做成的小团子，挽在钩上，就了黑鱼乌儿出没之处，尽往乌群中丢。丢下，提起。丢下，提起。如此反复，动个不停。泥团击水，发出"咚，咚，咚，咚"的声响。那暗中保护子女的老黑鱼，察觉有敌来犯，便毫不犹豫地出击，大嘴一张，便上钩了。

黑鱼到了厨师手中，若是割鱼片，做成炒鱼片、炒三鲜，以及酸菜鱼之类，肉嫩，味鲜，令食者不忍停箸。在我的印象里，一道酸菜鱼，在众多地方风靡，故乡有以此为生者，做出一道"白雪酸菜鱼"，其鱼片只选黑鱼鱼片，加之厨艺、配料皆有独到之处，因而火得很，没几年工夫，竟成了地方一个品牌，生出若干连锁店来。想想也不奇怪，这酸菜鱼前面，加"白雪"二字，就颇叫人向往。实在说来，店主只是如实告知罢了，这黑鱼割出的鱼片，真的是秀泽诱人，洁白如雪。

在一般家庭之中，黑鱼烧汤极常见。将洗净之后的新鲜黑鱼，切段子，配了葱、姜之类的作料，加适量料酒爆炒。之后，加汤炖烧。炖烧时，用足火功，适时加些"荤油"。汤色渐至乳白，且有黏汁，便可起锅。其时，尽可弃了鱼段子不管，但用那汤，奇鲜。不过，小胡椒不可不放。那浑身黑笃笃的黑鱼，做起汤来，纯粹乳白。

怪呢。

螃蟹，形体近乎椭圆，两侧长有八爪二螯，均匀分布；再配上一副颇坚硬的躯壳，活脱脱一介武夫。稍有动静，便高举双螯，张开，摆出一副好斗的架势，八爪迅疾动作，霸道横行。那模样，很是"张狂"。

早先，兴化农村，螃蟹特多，逮蟹特易。河汊、水渠里，均有螃蟹踪迹。

夏季，乡里孩子在河汊里踩河蚌，碰到水草肥美之处，既能逮到鱼虾，亦能踩到螃蟹。一个猛子扎到河底，一只张牙舞爪的河蟹便拿将上来。水渠淤泥里，时常有蟹藏身，一踩到脚板底下，心里便有数了，用手去取，真是举手之劳。

逮蟹，有这般徒手逮的，也有用"蟹钩子"从蟹洞里钩的。

河堤边，或是渠堤边，常有形状各异的洞穴。内行人一看便知，哪一个是蟹洞，或是鼠洞，或是蛇洞，诸如此类。蟹洞多半在水底下，择好洞口，便可用蟹钩子试探。蟹钩子多用粗铁丝自制而成，造型极简，留个长长的柄，一头做成弯钩，较短。掏蟹时，将弯钩伸入洞内，凭手感而断。若是有明显阻碍，且吱吱作响，便是洞内有蟹。蟹钩点到为止，一般不宜硬钩。洞内的蟹，知道情形不妙，便会惊慌出逃。这时，掏蟹人可在洞口张了双手等蟹上钩。掏蟹人动作要快，手形要好，方可逮到出洞之蟹。否则，蟹或是从你掌心溜走，或是缩进洞内，再想掏出来，颇难。

乡里孩子掏蟹，常被蟹的双螯夹住。蟹离了水，夹得更紧，夹得小孩子杀猪似的乱叫。脑瓜子灵点儿的，便会用嘴咬断蟹螯，方能解危。

蟹爬起来颇快，故装蟹一般不用桶，多用网袋。蟹进得网袋，难爬。更常见的，则是带根麻绳，逮来的蟹，一只一只扣扎起来，一串一串地拎回家中，也有在半途中做成买卖的。

我很小就到村外上学，从家里到学校，要走过几条长长的沟渠。在这样的沟渠上走着，多半是一个人独来独往，了无生趣，无聊得很。但要是盛夏时节，情形就大不一样矣。

除了书包之外，我的手中便会多出一根麻绳，一柄蟹钩子。上学，往学校去时，只要提早些上路，下到漕沟之中，手摸钩掏，一只一只张螯舞爪的螃蟹，便从淤泥中，从洞穴中，捉拿到手，用那麻绳从蟹爪中间处扣扎，一只蟹扎一道扣，以此类推，形成叠罗汉的造型。半程捉上个十来只，没有问题的。下学，返回时，再如法炮制，跨进家门槛时，一串肥蟹便带回来也。

细心的读者兴许会问，你进课堂听课时，蟹如何搁置呢？这在城里孩子想来，肯定愁煞人啰。其时，我们的办法极简便，一根小钉子，钉在课桌腿内侧，拴了蟹的麻绳，打扣挂上即可。当然，也会有些"嘶嘶嘶"蟹吐的声响，不过还好，不太影响听课的效果。想来，那时候没有现在这么讲究课堂纪律，螃蟹的那点儿声响算不得什么噪声。这里，还要悄悄告诉读者朋友，我们这些鬼精的调皮王，不只掏蟹这一样，取鱼摸虾踩河蚌，哪样不干？

那时节，一斤蟹，四五毛钱罢了。蟹卖到几十元一斤之后，便成了正规宴席必备主菜。

清煮之后的螃蟹，剥开，剔下蟹黄、蟹肉，与豆腐一起，做成一道"蟹黄豆腐",趁热品尝,那味道甚是鲜美。较为客气的人家,便有一道清煮螃蟹,备了醋姜碟子,边蘸边吃。

清煮螃蟹,讲究的均上团脐的。团脐为母,长脐为公。团脐多蟹黄,只要蟹壳一剥开,便可见满壳蟹黄,很是诱人。

梁实秋在《雅舍谈吃》一书中曾言:"有蟹无酒,那是大煞风景的事。"并以《晋书·毕卓传》:"右手持酒杯,左手持蟹螯,拍浮酒船中,便足了一生矣!"用以佐证有"酒"之重要。

梁先生大概代表了多数"士人"的想法。普通民众品尝螃蟹,有酒可品,无酒亦可品。对于一部分并不嗜酒者,酒倒干扰了自己的味蕾,影响了对蟹肉是否鲜美的判定与体味。至于先生提及"七团八尖"之说,现时的实情多为"九团十尖"。地球变暖,在长三角一带,不等到九十月份,那蟹,连壳都还是软的呢,味道自然就差多了。如此说来,"稻黄蟹肥"亦不能一概而论矣。

倒是梁先生的母亲,有一做法,既有意思,又有道理。将梁实秋他们几个孩子吃完蟹之后的蟹壳用秤称一下,轻的奖励。轻,说明吃得仔细。而真正吃得仔细的话,还可从蟹壳中见到一位"僧人"。据说,那便是硬插在许仙与白娘子中间的法海,自知罪责难逃,躲到蟹壳里,终生不复出。

稻黄蟹肥,如今是稻黄蟹贵。蟹贵,村民们便想方设法捕蟹。罾扳,箭拦,烟索熏,多管齐下,只为多捕蟹。这些蟹,一贩再贩,之后贩往全国各地,焉能不贵?!

不过,在我们孩提时的记忆里,农家煮蟹,时常是用脸盆装的。

　　田鸡是我们那里人对青蛙的一种俗称。想来是因为田鸡生存在水田里的缘故，乡民们又称其为"水鸡子"。

　　这田鸡，满身斑纹，长有四肢，前肢短且小，后肢长且壮，走路一蹦一跳的，蹲在水塘边、秧田里，叫起来"咕咕咕"的，怎么也想不出跟"鸡"有什么联系，咋沾上了"鸡"字，倒真是怪。

　　我们那里，与田鸡相仿佛的还有两种：癞蛤蟆和旱鸽子。癞蛤蟆学名蟾蜍，俗称也有叫"蛤蟆""赖宝"的，纯粹因外形得名。因为这种水生小动物，和田鸡形体大小差不多，长相也类似，只是背部长满了"癞点子"，皮质就没有田鸡那么光滑，故而如此称呼，倒是情理之中。

　　这旱鸽子，似乎介于田鸡与癞蛤蟆之间，整个体形较田鸡、癞蛤蟆都要小一些，长相更接近田鸡，身上无"癞点子"，但皮色不似田鸡那般鲜亮，更接近癞蛤蟆的灰暗色。只是有一点，它既无翅膀，又无鸽子尖尖的喙，怎么和田鸡沾有"鸡"字那样，被叫成了"旱鸽子"，当然也是有点儿奇奇怪怪的。

　　夏日的夜晚，稻田里，田鸡"咕咕咕""咕咕咕"，叫声此起彼伏，一浪高似一浪，农家小屋淹没在蛙声里。田鸡叫喊时，下巴鼓鼓的，一鼓一缩，挺有节奏。这当中，豪华装备的要数雄性田鸡，它叫喊起来，嘴边多出两个声囊，一收一张，声囊鼓起，似小气球一般，看上去挺有趣。

　　毛泽东在湘乡东山高等小学堂就读时，曾写得一首七言古体诗《咏蛙》：

　　　　独坐池塘如虎踞，
　　　　绿荫树下养精神。
　　　　春来我不先开口，
　　　　哪个虫儿敢作声？

　　常言说，诗言志。年轻的毛泽东便有不凡气度，一只普通的田鸡，在他的笔下，如此霸气十足，呈"王"者之姿，确实不同凡响。同样写田鸡，韩愈的《盆池五首》，则完全是别有一番情趣：

　　　　老翁真个似童儿，
　　　　汲水埋盆作小池。
　　　　一夜青蛙鸣到晓，
　　　　恰如方口钓鱼时。
　　　　……

　　而对于更年轻的一代，如我女儿他们这一辈，"青蛙王子"的故事，似更有吸引力。由德国格林兄弟收集、整理、加工完成的德国民间故事集《格林童话》，几乎陪伴了他们整个童年。其实，有关青蛙的民间传说，在我国分布亦极为广泛。汉族有"青蛙公主"传说，说青蛙乃龙王之女；彝族的"支格阿龙"神话中也有关于"长腿青蛙"描述；广西壮族有专门的蚂拐节，这里"蚂拐"便是青蛙。壮族人甚至将"青蛙"永远地铸在了铜鼓之上。

田鸡堪称捕虫能手，其技甚佳。田鸡捕虫，全凭跳跃的功夫。若是有目标出现，那田鸡的两条后腿一蹬便跃出老高，老远，长舌一伸，那秧叶上的害虫，便入得它的口中。

正是这种缘故，种田人对田鸡颇为感激。家中孩子逮了一两只田鸡，拴了线绳，玩耍时便会骂得不得了："细猴子，田鸡玩不得的，田鸡能吃百虫，护庄稼呢，还不快放了。"小孩子纵然一百个不情愿，也只得解开线绳，望着田鸡跳入水中，无可奈何。

田鸡的种种好处，种田人自然记得。政府也每年都发下话来："保护青蛙，消灭害虫。"然，收效总不太理想。

夏季一到，蛙鼓阵阵，那稻田间，便有提蛇皮袋的人，打了手电，捉田鸡。或叉戳，或手逮，一夜捉个大半袋子，是少不了的。捉来的田鸡活生生，割了头，剥了皮，去了内脏，用线绳十只一扎，扎好。翌日清晨，拿到街上去卖。

年幼无知，曾干过这捉田鸡的勾当。长大初有常识之后，便弃之不食，几十年过来矣，时至今日，一直如此。实在是看不得那活蹦乱跳的田鸡，被割了头，揪心得很。

"卖田鸡"这样的买卖，自然不敢进农贸市场，那是要挨罚的。卖田鸡的，精得很，多在小巷间窜溜，适时吆喝几声："水鸡子卖呀——"

于是，有居民买上一两扎子，剥进些蒜头子，白烧。汤白，味鲜。尤其是那两条大腿的肉，蒜瓣子似的，据说挺好吃的。这道菜还有一个诱人的名字，"白灼美人腿"，真亏有人想得出。

这些田鸡，都是他人所宰杀，买下吃了，在多数人想来，倒也心安理得。

只是，田鸡的命，不免有些苦了。

原载于《中国作家·纪实版》2017年第9期，《中华文学选刊》2017年第12期选载。

旷野的精灵

一

我们那一带，最易见，最多的鸟雀，便是麻雀。

麻雀竟然就是这种身边小鸟的学名，让我多少还是有点儿意外之喜。故乡人以方言土语行世，与人交往极少说普通话。平日里，所言物件也好，所称活物也罢，皆以俗言俚语为多。这一回，叫几乎天天在身边绕飞的麻雀，叫的是学名，颇难得。

不过，这小小麻雀，在不同地方竟有那么多不同的称号，又让我有些个感到意外。原以为，我们这儿都叫学名了，大概其他地方，也差不多都这么叫也。不想，非也，非也。这麻雀，除了又叫树麻雀之外，还有一大堆稀奇古怪的名字。带"雀"字的就有：霍雀、瓦雀、琉雀、禾雀、宾雀、家雀、南麻雀；还有你一下子根本弄不清爽的，诸如：只只、嘉宾、照夜、老家贼、户巴拉，凡此等等。

这众多名字中，我挑两个点评一番，包你觉着好笑。一为"照夜"，这麻雀，眼睛是日间还行，夜间完全不行，有"雀盲眼儿"之说（文后会说及）。既然夜间眼睛不行，还叫什么"照夜"呢？！二者"嘉宾"，这小小麻雀，本身怎么看，无论形体，还是外貌，以及其行为方式，都算不上"大气"，也没有当"嘉宾"的资本，真的名不符实。

麻雀，小个头，黑眼敛，灰羽毛，相貌平常。未成年时，嘴角呈乳黄色。

乡间清晨，便有麻雀跳跃在枝头，叽叽喳喳，叫个不停。叫声虽不大悦耳，尚属欢快。然，有时亦烦躁。对一些夜归之人，抑或夜间工作之人，麻雀是不管你的，一大清早，就在枝头，抑或屋顶上，叽叽喳喳，叽叽喳喳，似在开会一般，热嘈得不得了。这种群居的小鸟，到哪儿都是一趟一趟的，群体意识强得很。而如若没有防噪声之法，你只好在床上辗转反侧、烦躁不安地等待着麻雀们飞走再行入睡，别无他法。有人会说，不能赶吗？

这可不是在谷田之边，赶不走的。只有在谷田之上，用绳索将稻田、麦田之类团团围住，绳间夹以红布条之类，中央扎以稻草人之类，麻雀停落下来啄食谷物之时，田主一拽绳索，红布抖动跳跃，再加之稻草人手中三角小红旗随风飘起，麻雀们一下子搞不清状况，吓得惊慌而飞。

人们这样的招数，也只能偶尔用上一用。次数多了，麻雀们即便不能识破，习惯了也就不起作用了。这种小精灵，见人多了，再也不那么慌张了，有时会靠近你的身边，跳来跳去，寻找它自己所需之食物。你不耐烦时，嘘声驱赶，多半见效甚微。它们会不识趣地盯着你，驱也驱不散。对于麻雀的不识趣，你也只好忍着。

麻雀的窝，随气候的不同，而迁徙。夏季，麻雀以居高树丛为多；冬季，则移到农家房檐之下，或是土场草垛之上。因而，乡里孩子逮麻雀，夏夜多用弹弓——铁丝或树枝丫作架，拴上十来根橡皮筋，便成。电筒往树上一照，发现目标，举弓便打。冬夜则用鸟袋——一只小袋子，铁丝做成圆形袋口，绑在一根长竹子的端头，折成弯状。袋内装些软和的稻草。寻着麻雀窝巢，便将袋口对准洞口，往上一顶，窝里麻雀受了惊动，便往外溜，恰好落入袋中。这时，如何移动鸟袋则较关键。需贴近墙壁，慢慢下移，否则雀儿会从鸟袋口与墙壁之间的空隙中飞逃。若是矮的屋檐，则无须鸟袋，可用人打高肩，徒手直捣雀窝。

麻雀是个"雀盲眼儿"，白天还可以，天一黑便不辨方向了。逮麻雀，多在夜间进行，就是欺负它夜间眼睛不行，易捉。若是前些天刚下了雪，地上、房上、树上，净是白茫茫的，白得逼人眼，那更是逮麻雀的好时机。

我们那儿，传说每年的年三十，便见不到麻雀了。说，麻雀是灶王爷的一匹马，年三十，灶王爷得上天言好事去，麻雀便是送灶王爷上天去了。到了年三十，平时叽叽喳喳的麻雀一下子无影无踪了，真的不易见到。不过，是否送灶王爷上天言好事去了，那就无从查考也。

乡村，刚落种的秧池边上，时常看到有别了红布条子的绳子（以红色为主，间或也有些其他杂色），或是"稻草人"，用以对付麻雀。播种时节，用以看护刚落种的秧池之类；收获季节，则保护成熟的稻谷之类。此法前文已述，不再多言。

这麻雀摘帽，除了多亏有人发了善心之外，也还要铭记用于解剖的几只牺牲者。因为有专家从麻雀解剖中发现，麻雀腹中以昆虫为多，仅有少量谷物。

说起来，麻雀非十全十美，那倒是一定的。

不过，用麻雀做菜，品位则颇高。袁枚《随园食单》中有"煨麻雀"一单："取麻雀五十只，以清酱、甜酒煨之，熟后去爪脚，单取雀胸、头肉，连汤放盘中，甘鲜异常。"

初见此单，感觉袁才子胃口太大，一开口，"取麻雀五十只"，似乎多了。然细看之后，他"单取雀胸、头肉"，那就没有多少分量矣。

不过，这样的要求，放在现在，恐怕也不易办到。因此，"甘鲜异常"的美味，也就不是那么容易品尝的了。

二

我的老家兴化，是全国闻名的产粮大县、产棉大县，以及淡水产品生产大县。20 世纪七八十年代，曾多次荣获全国产粮、产棉大县之殊荣，"兴化油菜，全国挂帅"，更是家喻户晓，淡水产品总量连续 16 年列江苏第一。但一个时期，政府想走工业强市之路，很少再介绍这些。顺带说一句，和全国众多县一样，家乡也于 1987 年撤县设市。

这几年，情况有所不同，似有明显变化。家乡打起了"生态牌""旅游牌"。自然生态保护，被提上了重要位置。如若你的脚步踏上兴化这块黑土地，便会发现，这里除了有一望无际、土地肥沃的良田之外，还有纵横交错的河道港汊，以及大片大片的湖荡湿地，是名副其实的鱼米之乡。

曾几何时，每到夏秋之际，家乡的湖荡里，放眼望去，满眼都是碧青的芦苇子，阔阔的苇叶，新抽的芦穗，随风起伏，漾出"沙沙"声响。密密的芦苇间，抑或是水面上，时常有野鸡野鸭出没，双翅一振，"扑棱棱"地飞。湖荡成了它们生息繁衍之所在。

在我的记忆里，野鸡野鸭与家鸡家鸭颇相似，只是野鸡尾部较家鸡长，冠较红；野鸭块头一般说来，较家鸭则小，羽毛多光泽，雄野鸭的头部有绿亮的毛，两翼有蓝色斑点。野鸡善飞，野鸭既善飞，亦善水。乘船傍湖荡而行，常能看到野鸭，扑棱着双翅，两腿划水而翔，在湖面上留下长长的浪痕，样子挺潇洒。

野鸡野鸭多，打野鸡野鸭的也多。湖荡地带，打野鸡野鸭的常来，不论白天，或是夜晚。先"嗷嗷"地吆喝几声，等野鸡野鸭飞起来时，才放枪。"砰——""砰砰——"枪声响起，便会有野禽遭殃矣。

打野鸡野鸭用的木船，极小，窄长窄长的，却放得了好几管长长的猎枪，载得了打野鸡野鸭的，还有他那条吐着长舌头的猎狗。让人惊叹造船人的精打细算，枪怎么搁，猎狗怎么蹲，枪手怎么坐，都是有所考虑的，一切听从枪手安排。人们往往看到，枪手上了船，手握那两只短小的木桨，划起来，极快，小船似在水上飞。不一会儿，便不见了踪影。

打野鸡野鸭的，有单个划了船去打，也有几个联合行动，拉网似的，围了湖荡打。这多半在晚上。几个打野鸡野鸭的枪手，彼此商议妥当，联手出击。那当然是白天摸准了野鸡野鸭歇脚地——找到了它们的窝。如若是野鸡野鸭成了趟，一杆枪肯定是对付不过来的，容易惊窝。枪手们联手后，四面有枪，野鸡野鸭想逃，则难矣。

打野鸡野鸭的，最精贵、最看重的，不是枪，不是船，不是猎犬，而是"媒鸭"。

这"媒鸭"是野生的，特灵。主人放出后，它便满湖荡地飞，寻到鸭群之后，便落下，暗中牵引鸭群向主人火力范围靠，或是"哑哑"叫唤几声，给主人报信。主人枪一响，刚刚飞起的"媒鸭"，须迅疾掉下，假死。否则，枪弹是不长眼睛的。这便是"媒鸭"的绝活了。自然，也有打野鸡野鸭的，误击了"媒鸭"，那就怪可惜啦。将一只羽毛未丰的野鸭，调驯成一只上好的"媒鸭"，得花上三四年工夫，亦不一定满意。

打下的野鸡野鸭，便用羽毛串了鼻孔，拎到集市上卖。所谓物以稀为贵，这野鸡野鸭还真能卖出个好价钱，比家鸡家鸭贵多矣。

　　野鸡野鸭皆为人间美味，做成菜品，其"格"远高于家养的鸡鸭。清代袁枚《随园食单》中记有"野鸡五法"，野鸭二法。其"野鸡五法"内容如下：

　　野鸡披胸肉，清酱郁过，以网油包放铁奁上烧之。作方片可，作卷子亦可。此一法也。切片加作料炒，一法也。取胸肉作丁，一法也。当家鸡整煨，一法也。先用油灼，拆丝，加酒、秋油、醋，同芹菜冷拌，一法也。生片其肉，入火锅中，登时便吃，亦一法也。其弊在肉嫩则味不入，味入则肉又老。

　　从袁才子这段文字中，明显看到了"六法"，怎么标题为"五法"呢？奇怪。

　　其对野鸭制作记有二法。一法为已经失传的"苏州包道台家"的制法，"野鸭切厚片，秋油郁过，用两片雪梨夹住炮炒之"。这里"秋油"实指酱油，"秋油郁过"，就是用酱油腌泡一下。"炮炒"与"爆炒"义同。袁才子随后交代说，此法"今失传矣"，他建议："用蒸家鸭法蒸之，亦可。"不妨将其所说"蒸家鸭法"抄录如下：

　　生肥鸭去骨，内用糯米一酒杯，火腿丁、大头菜丁、香蕈、笋丁、秋油、酒、小磨麻油、葱花，俱灌鸭肚内，外用鸡汤，放盘中，隔水蒸透。此真定魏太守家法也。

另有"野鸭团"制作法：

> 细斩野鸭胸前肉，加猪油微纤，调揉成团，入
> 鸡汤滚之。或用本鸭汤，亦佳。太兴孔亲家制之
> 甚精。

这两则野鸭制作之法，均强调用鸡汤。窃以为，不那么纯粹矣。若能用鸭汤，为何不用呢？连袁才子在后一制法中，自己都说了，"或用本鸭汤，亦佳"。可见，鸭汤可用，且效果很好。否则，鸭肉滚在鸡汤里，虽无大碍，终究口感上会发生变化。还是用"本鸭汤"为佳。

民间烧这样的禽类野味，几乎都是配咸菜红烧。当然，咸菜最好选雪里蕻。这野鸡或野鸭烧雪里蕻，由于雪里蕻的加盟，烧出的野鸡，或是野鸭，不仅肉香，且味鲜。那雪里蕻虽为配料，更占全了香、鲜、脆、嫩四字，多为人们青睐，均愿意多挟上几筷子。自然，野鸭与野鸡比，做出的菜，肉更精，味更香，品更高。集市上，野鸭价贵，不奇怪。

现时，再难有野鸡或野鸭烧雪里蕻端上餐桌矣。倒不完全是汪曾祺先生所言："现在我们那里的野鸭子很少了。前几年我回乡一次，偶有，卖得很贵。原因据说是因为县里对各乡水利作了全面综合治理，过去的水荡子、荒滩少了，野鸭子无处栖息。而且，野鸭子过去是吃收割后遗撒在田里的谷粒的，现在收割得很干净，颗粒归仓，野鸭子没有什么可吃

的，不来了。"

我所了解到的，较汪老讲的 20 世纪 80 年代的情况，又有些变化。现在家乡那一带，只要是湿地保护好的地方，野鸡野鸭均日见增加，且有蓬勃发展之势。只是从湿地，到野生动植物，都有了一系列保护措施，再美的野味，也不能享用矣。

当然，凡事不能一概而论。总是会有一些人，喜欢铤而走险，暗地里捕获，暗地里交易，暗地里烹制，最后暗地里品尝。

想来，这一路"暗"下来，能品尝出个好味道来吗？这样的情境下，享用再美的野味，恐怕也只能让自己的内心变得阴暗起来。

三

"西塞山前白鹭飞，桃花流水鳜鱼肥。"这一流传颇为广泛的词，出自唐代诗人张志和的《渔歌子》。词中描写的是太湖流域、暮春初夏时节之景物：桃花水涨，白鹭纷飞，鳜鱼肥美。这里的"鳜鱼"，便是我们当地人所说的"季花鱼"，也有直接写为"桂鱼"的。从词中不难体会，归隐之后的玄真子，此等生活好不惬意哉。

这样的时节，我的故乡，一如其笔下的西塞山：田野之上，一样桃红柳绿；湖荡之中，一样鳜鱼肥美。同时，还有三种野生鸟时常出现：咯鳜、鸡、青桩。容我慢慢向读者诸君介绍一二。

咯蟂，在三种野生鸟中，个头次之。青桩第一，鹬为最小。咯蟂又是这种鸟的叫声。看来，这鸟，似因叫声而得其名的。

咯蟂个头虽不及青桩，但也还算是高大，腿脚特长，脚爪张得很开，身子则簇成一团，有些过。似乎比例失调。当然，在这三种野鸟中，个头最高大者当数青桩。这里的青桩，便是学名叫苍鹭的，我们当地人叫灰鹭。虽然，跟张志和词中描写的白鹭有些差距，其实也就差在羽色上，一白一灰，如此而已。青桩较咯蟂腿更为修长。故乡人说一个人长得过高，会用青桩作比："看看你哟，长得一双青桩腿！"

我的老家有一处水杉林，面积也有 1500 多亩，林间栖息着数以万千计的苍鹭，一旦飞翔起来，铺天盖地的架势，让人领略"遮天蔽日"之意韵。与白鹭相比，姿态一样悠然、流畅。与空中姿态比起来，它们的叫声，"呱呱呱"的，跟鸬鹚叫得几乎一样，不雅。

鹬，则是这三种野鸟中个头最小者。《尔雅·释鸟》郭璞注："鹬大如鸽，似雌雉，鼠脚，无后指，岐尾，为鸟憨急，群飞，出北方沙漠地。"仅一"鸽"的个头，较咯蟂、青桩便小了好多。里下河文曲星汪曾祺在他的小说《异秉》里也有描述：卖熏烧的王二，"春天，卖一种叫'鹬'的野味，这是一种候鸟，长嘴长脚，因为是桃花开时来的，不知哪位文人雅士给它起了一个名称叫'桃花鹬'"。这"桃花鹬"，在我们那里跟"菜花昂"正好相配，均为两道时令美味。"菜花昂"是我另一篇文章的内容，此处暂且不提。

与咯鷉、青桩二者相比，鹬的嘴真不算短，所以汪老说其"长嘴"应没有错。与前二者比腿的话，那就没法比矣。咯鷉、青桩都有一双大长腿，鹬腿虽说也"长"，也只是较一般的鸟儿长些，但跟它俩比还是矮太多矣。

咯鷉、鹬、青桩，论起步态来，那无疑是咯鷉拔得头筹。但见那咯鷉，头戴一顶小红帽，迈步有板有眼，颇具绅士风范。鹬的小碎步，青桩的高大笨，当然跟咯鷉的优雅迈步不能同日而语也。

初夏的苏北平原上，绿绿的稻田间，万绿丛中，偶露一点红，缓缓移动，不时有叫声传出："（咯）鷉——""（咯）鷉——"，必是咯鷉无疑了。咯鷉叫起来颇特别。"咯""鷉"二字并非平均用力，"咯"，音轻，且短促。"鷉"，音重，且长远。猛一听，似乎这样："鷉——"。然，乡里人大多听得耳熟了，听得颇清爽："（咯）鷉——""（咯）鷉——"。

成片的稻田里，秧行已密，满眼绿色。故乡人插秧苗时，就准备咯鷉的到来。秧田间，三三两两，栽下了整把整把的秧苗，在稀疏的秧行中，老远望去，很是显眼，那便是乡民们为咯鷉栽下的"咯鷉窝"。多少年了，每年栽秧，乡民们均这般做。怕是习惯罢了。

其实，乡民们用秧棵栽成的咯鷉窝，也不一定只是咯鷉入住。鹬、青桩也有可能落入。大片大片的稻田，秧株上各种昆虫多得很，飞来飞去，正是鸟儿鲜活的食物。这时稻田间，水汪汪的，小鱼小虾及其他浮游生物丰富得很，这就对

这些野鸟们产生了巨大吸引力。

当然，咯�、鹬、青桩更多时候，是自己做窝。咯�窝，不一定都在稻田里。芦荡里，苇丛中，也有其踪迹。到一定时候，它们便会在窝里下蛋，孵化小咯�、小鹬、小青桩。

农家妇女下田薅秧草时，时常能从咯�窝里抓到一两只小咯�之类，碰巧有时也能拿到咯�蛋之类野鸟蛋。鹬和青桩的雏鸟，我小时候就见过。没见过鹬和青桩下的蛋。咯�的雏鸟和蛋，我都见过，且吃过咯�蛋。

咯�蛋满是斑点，蛋体甚小。乡里人很是看重，获得一只，总要煮给自己的宝贝儿子、孙子吃。说是能治百病的，消灾避难，灵验得很。想来，乡里孩子，吃过的不在少数，今年没吃上，不等于明年吃不上，果真明年吃不上，那不还有后年吗？乡民们有得是耐心，每年一到桃花红菜花黄稻田绿，咯�、鹬、青桩便会如期而至，还怕吃不上一只小小的野鸟蛋？

咯�蛋之类，不用特地煮，煮饭时，放在烫灌水里带，便能带熟。熟咯�蛋，在乡里孩子手里，多半不轻易下肚的，总要在手上盘弄些时辰，或是令小伙伴眼馋，再独自吞下肚去。颇得意。

若是逮到一只小咯�之类，那比拿到蛋还要兴奋。最是那小咯�好玩，长腿，乌嘴，青眼，黑绒毛，浑身黑笃笃的。捧在掌心，软乎乎的，样子很可爱。

小咯�，多跟家中小鸡一起喂养，叫起来"叽叽叽"的，与小鸡差不多。小咯�想养大极难。尽管设法找小虫子喂它，用不了几日，不是让哪只馋猫捉了去，便是自个儿死去了。野生的，毕竟是野生的，家养自然难矣。

我老家算不得大，乡风倒颇有差异。据说，圩南一带，之于咯鰕，是不逮，不杀的。而西北乡一带，则"张"咯鰕食用。

张咯鰕，其法极简便。一根竹扫帚条子，修去枝杈，在其细小的一端拴上根长长的麻线，麻线一头留个活绳扣。在稻田间田埂上，择好一处地方，将竹扫帚条子较粗的一端隐插在稻田里，细小的一端略略插入田埂中，不宜过深，使竹扫帚条子弯曲适宜。将麻线理好，活绳扣放在田埂上，有咯鰕从田埂上走过，一脚踩进活绳扣，再抬腿时，一拽动麻线，活绳扣自然收紧，拴住咯鰕的腿，咯鰕只有待擒了。这说的是张咯鰕，其实张青桩，也一样。鵁，则是用枪打的多。这些都是很久很久以前的事情，野生鸟类受到保护之后，原先喜欢摸枪的主儿，无用武之地矣。

汪曾祺先生在《故乡的食物》中曾非常留念写道："鵁肉极细，非常香，我一辈子没有吃过比鵁更香的野味。"说来惭愧，这鵁我肯定吃过的，但却没能留下像汪老这样难以磨灭的印象。倒是那咯鰕烧水咸菜，跟"菜花昂"一样，深深地留在了我的记忆中。咯鰕一样需水烫拔毛，洗净，切块，配好佐料，下锅爆炒，之后再与水咸菜一起红烧。说实在的，一道咯鰕烧水咸菜，那味道，奇鲜，醇香，无须多着一字矣。

原载于《雨花》2017 年第 6 期，《散文海外版》2017 年第 10 期选载，有调整。

风中的摇曳

一

故乡河汊，野藤般乱缠。每至夏季，乘船而行，水面上满是菱蓬，傍着堤岸，铺向河心。几丈宽的河面，仅留下船行道。倒也有些宋人杨万里"菱荇中间开一路，晓来谁过采菱船"之诗意。

菱蓬长得旺时，挤挤簇簇的，开着四瓣小白花。远远望去，绿绿的，一大片，一大片，随微波一漾一漾的，起伏不定。白白的菱花落了之后，便有嫩嫩的毛爪菱长出。

菱角，因其肉味与栗子仿佛，且生长于水中，故有"水栗子"之称。明代大医药学家李时珍在他那部著名的《本草纲目》中这样记载：菱角"其叶支散，故字以支，其角棱峭，故谓之菱"。古人曾将四角菱、三角菱，称为"芰"，而两角的，才称作"菱"。唐诗人郑愔曾有诗云："绿潭采荷芰，清江日稍曛。"

故乡一带的菱角，种类单一，多为四角菱，当地人称为"麻雀菱"。是何道理，弄不清爽。间或，也有两角的"凤菱"。红红的颜色，颇好看。至于那瘦老、角尖的"野猴子菱"，则是野生的，吃起来，戳嘴得很，没人喜欢。

故乡人种菱，喊做"下菱"。上年备好的菱种，用稻草缠包着，在朝阳埂子上埋了一冬，早春挖出来，到河面上撒。下了菱种的水面，在端头的堤岸上，做起两个土墩，扑上石灰，行船的看那白石灰墩子就晓得这河里下过菱了；罱泥罱渣的，便不在这儿下泥罱子、渣罱子了。

翻菱，是件颇需本事的活计，胆子要大，手脚要灵，多是女子所为。

故乡的女孩子，多是翻菱好手。一条小木船，前舱横搁上船板，窄窄的，颇长，似飞机翼一般伸向两边。翻菱人蹲在船板上，墨鸭似的。后艄留一人撑船。这前舱的人，上船板要匀，否则，船板一翘，便成了落汤鸡；后艄撑船的，讲究船篙轻点，不紧不慢，快了菱蓬翻不及，慢了又费时。

试想，绿绿的河面上，五六个女子簇在一条小船上，定然是色彩斑斓，于流水潺潺之中，菱蓬起落，嬉笑不断。

我这里所说的"翻菱"，到了古代文人的笔下，便是文气十足的"采菱"了。唐代诗人刘禹锡，其诗作《采菱行》中就有这样的诗句：

> 白马湖平秋日光，
> 紫菱如锦彩鸾翔。
> 荡舟游女满中央，
> 采菱不顾马上郎。

刘梦得写出了白马湖上采菱女欣喜欢悦的情形。而南北朝徐勉的一首《采菱曲》则写出了少女的相思。其有云：

> 相携及嘉月，
> 采菱度北渚。
> 微风吹棹歌，
> 日暮相容与。

> 采采不能归，
> 望望方延伫。
> 倘逢遗佩人，
> 预以心相许。

这样的情形，在我们所处的年代是不可见矣。自从分田到户，不仅地分了，水面也分了。大集体时，一个生产队社员集中在一起劳作的场景，不见了。就连下菱种，也都变成各家各户自己的事情啰。

现在翻菱，很少撑船了。几张芦席大的水面，多半由家中姑娘，抑或媳妇，划了长长的椭圆形的澡盆，便可翻菱。

人蹲在澡盆内，双手作桨，边划边翻，翻翻停停，停停翻翻。此法，更需平衡之技能。稍稍一斜，便会翻入河中。小木盆停在菱蓬上，翻过一阵，再向前划一段。之后，停下再翻。如此反复，用不了多少工夫，芦席大的水面，皆翻遍了。大姑娘，或是小媳妇，此刻便不能坐于澡盆里了，她坐的位置已被水淋淋、鲜嫩嫩的菱角所取代了。她们只能将澡盆牵在身后的水面上，"扑通""扑通"游水回家。那拍打河水的声响，响在河面上，竟有些孤寂。的确，原本嬉笑不断之所，再难有笑声漾出矣。

这菱角可入药，在《本草纲目》中亦有记载。说，菱角能补脾胃、强股膝、健力益气，还可轻身。所谓轻身，便是眼下流行的"减肥"，想必会受到众多女士的青睐。

还有报道称，菱角可防癌。1967 年的日本《医学中央杂志》上说，菱对抑制癌细胞的变性及组织增生均有效果，言之凿凿，不由你不信。更有热心者开出了防治之"方"：用生菱角肉 20 个，加适量水，文火慢熬，成浓褐色，其汤汁即可服用。一日三次，可防治食管癌、胃癌、子宫癌、乳腺癌。

菱角能否防治癌症，暂且不去深究。倒是那刚出水的菱角，汰洗干净，漾出浮在水面的嫩菱，之后便可下锅煮，煮好即食。真正是个"出水鲜"。

嫩菱角，不煮，剥出米子来，生吃，脆甜，透鲜，叫人口角生津。对于乡间的孩子，倒是上好的零食。

若是做菜，则首推一道"鲜菱米烧小公鸡"。从厨艺角度，几乎不值一说。但从食材来说，充分证明菜品食材选择之重要。这道菜，取刚出水的菱角，剥成米子，再取刚打鸣的公鸡仔，白灼而成。

这样一来，这菜品便是占全了鲜、嫩、活三字，怎么不叫人垂涎呢？

二

故乡一带，有河塘的所在，不是长菱蓬，便是长河藕，荒废不掉。生长着河藕的塘，看上去，满是绿。圆圆的荷叶，有平铺在水面上的，亦有伸出水的，蓬蓬勃勃的样子，挤满一塘。偶有一两滴水珠，滴到荷叶上，圆溜溜的，亮晶晶的，不住地转，或滑到塘里，或停在叶心，静静的。不留意处，冒出朵荷花来。粉红的颜色，一瓣一瓣，有模有样地张开着，映在大片、大片的绿中，挺显眼的。也好看。

顺着荷叶的杆儿，往下，入水，入淤泥，方能得到藕。从河塘中取藕，得"崴"。"崴"藕，全靠腿脚的功夫，与"崴"茨菇、荸荠相仿，只是更难。

河塘，多半不是活水。久而久之，便有异味，淤泥亦变成了污泥。从污泥中生长而出的荷花，有了"出污泥而不染"之美名。宋人周敦颐在《爱莲说》中曾极鲜明地表达自己的观点："予独爱莲之出淤泥而不染，濯清涟而不妖，中通外直，不蔓不枝，香远益清，亭亭净植，可远观而不可亵玩焉。"

其实，荷花早出了水面，不受水污，用不着奇怪。倒是那从污泥中"崴"出的藕，一节一节，白白胖胖的，婴儿手臂一般，着实让人感动。

前人曾有诗云："玉腕枕香腮，荷花藕上开。"所描绘的便是类似这样的"玉臂藕"。这倒引出一段文坛掌故——

为避战乱的郁达夫，携妻带子到了湖南汉寿一个叫"花姑堤"所在。其时，正是河藕飘香的时节，两余里的花姑堤，满眼望去皆是莲藕，清香扑鼻。郁才子吟诵起了曹雪芹祖父曹寅的《荷花》诗：

> 一片秋云一点霞，
> 十分荷叶五分花。
> 湖边不用关门睡，
> 夜夜凉风香满家。

郁达夫边吟诵，边对邀他前来的当地名士易君左道："若能在这花姑堤住下，大口大口地呼吸，才不致辜负这般清香与诗意。"

两人交谈之际，发现堤岸边，两个少女正在洗刷农人刚从藕塘里采挖上来的新藕。但见两少女皆头扎花头巾，身穿蓝印花布斜襟衫，一双会说话的大眼睛，水灵秀气得很呢。最是那持藕的手臂，嫩，且白，与洗净的藕节一样，雪白，雪白。这郁才子几时见过这样的场景哟，竟顾不得有妻、子在场，被少女身上散发出来的健康美，击晕了。此时，他真的分不清哪是藕，哪是少女的手臂。

"这就是传说中的玉臂藕！"易君左在一旁悄悄提醒道。

两个少女见两位长衫先生，如此注视着她们刷藕，几乎入了迷，便唱起了采藕歌："长衫哪知短衣苦，消闲无聊乱谈藕。"

这下，郁才子诗兴来了，连忙回应道："只因不解其中味，方来宝地问花姑。"

当少女知道，眼前应和自己的是位大文豪，也羞涩地邀请郁达夫一行到她们家中品藕。待少女呈上刚采上来的嫩藕时，郁达夫望着鲜嫩有如少女手臂的藕节，迟迟舍不得动口。

"达夫先生是不舍这泥中娇物吧？"易君左借机打趣道。

这时，郁达夫已无退路，只得张口便咬。只见那藕丝从他嘴角一直拖出，长长的，并不肯就此断下。弄得郁先生是继续吃也不是，不吃也不是。那嘴角，又有藕汁溢出，模样够尴尬的。两个少女见大文豪如此状况不断，只能掩面而笑。

拿着少女赠送的长节嫩藕，让郁才子对这乱世之际的清雅偶遇，感慨万千。一如手中散发着的藕之淡香，让人眷恋。

其实，不只是文人雅士对这藕情有独钟。在民间，藕也是有着成就美好姻缘之佳话的。在故乡一带，八月中秋一到，河藕便贵起来。何故？

在乡间，到了年龄的青年男女，正月里想办"大事"，男方得让女方心中有数，有个准备。于是，备了月饼、鸭子之类，其中，少不了一样：河藕。在中秋节前，由女婿送到老丈人家里。这便叫"追节"。

"追节"的河藕，颇讲究。藕的枝数得逢双。藕节上，要多杈，且有小藕嘴子，万不能碰断的。断了，不吉利。被乡民称为"小藕嘴子"的，有正规叫法——"藕枪"。如若偏老一些的，则叫"藕朴"。乡里人腹中"文墨"有限，叫喊起来，并没有那么多的讲究。

常言说，藕断丝连，此话不假。我们从郁达夫先生咬藕的经历中也看到了这一幕。对于普通乡民来说，他们不一定在意郁达夫先生的尴尬，当然也就不会在意那挂在先生嘴角边的藕丝。

然，故乡人做一种常见的风味吃食——"藕夹子"，这时便会真切地体会"藕断丝连"一词的意味也。

做藕夹子，首先要将藕切成一片一片的。这时，便可发现，藕切开了，那丝拉得老长，依旧连着。

将切好的藕片，沾上调好的面糊，丢到油锅里煎。这是做藕夹子的又一道工序。滚开的油锅，藕夹子丢进去，用不了多会子便熟了。煎藕夹子，香，脆，甜。

考究的人家，两片藕中间夹些肉馅之类，再煎，味道更好。

用河藕做菜，真正考究的，是做藕圆子。用芝麻捣成馅儿，做得小小的。藕，不是现成的藕，得用藕粉。有了芝麻馅儿，有了藕粉，再备一只开水锅，便够了。

做的程序如下，将做好的芝麻馅儿，丢在藕粉里，轻滚。藕粉最好放在小竹扁子里，好滚。滚，讲究的是轻，是匀。不轻，散了架；不匀，不上圆。滚过一层，丢进开水锅里煮，一刻儿捞起，凉干，再放在藕粉里，滚。如此反复。一层一层，滚得一定程度，藕圆子便成形了。

将藕圆子做成餐桌上的一道甜点，远在橘子、蜜桃、菠萝之类罐头之上。那藕圆子，香甜俱备，自不必说。轻轻一咬，软软的，嫩嫩的，滑滑的。

据说，乾隆年间的江南才子袁枚，天生爱吃熟藕，尤爱那种嫩藕煮熟后的味道，软熟糯香，咬下去又有韧劲。

江南一带的熟藕，除了糯米藕，还有糖醋藕。这在袁枚《随园食单》和民国张通之《白门食谱》两部著作中，都曾分别作过记述。关于糯米藕的做法，袁才子的记述如下："藕眼里灌入糯米，用红糖蜜汁煨熟，与藕汤一起煮，味道极好。"而张通之讲糖醋藕的做法，也很简单："切成薄片，以糖和醋烹成，最耐人寻味。过几天，依然香生齿颊。"

故乡常见煮河藕卖者，用一大铁锅，老大的，支在柴油桶做成的炭炉上，立在路旁。卖河藕的，边煮边吆喝，"熟藕卖啦"。上学放学的孩子，都挺喜欢买熟藕吃。

我们六十年代出生的人，小的时候，在故乡是吃不到袁才子说的那"糯米藕"的，当然更不见张通之记述的"糖醋藕"。

如今的故乡，卖"糯米藕"的多起来，家中孩子们喜欢吃的，随时可买。只是一见那"甜""黏""稠"之汤汁，便不敢像孩子们那般狼吞虎咽了。

岁月不饶人。多糖甜食，毕竟已经不太适合年过半百的我们矣。

三

故乡兴化，出门见水，早年间无船不行。乘一叶小舟，傍河港、湖荡缓行，便可见堤岸边，水面上，碧青的"高瓜"叶儿，一簇簇，一丛丛，蓬蓬勃勃。偶或，微风吹拂，便飒飒作响，随波起伏。

"高瓜"，在我们孩提的记忆里，总是和一头大水牛连在一起的。在那个耕地靠老牛的年代，哪个农家孩子没有干过放牛的营生？

我的记忆里就一头大水牛。在我的长篇小说《香河》里，我称它为"挂角将军"。"挂角将军"，黑黑的毛。黑黑的眼睛。黑黑的牛角，长长的，弯弯的。骑在牛背上放牛，好威风噢！那可是一个农家孩子放学后，最愿意干的活儿。

说起放牛，有童趣，也有辛苦。最大的难题，在于要让牛们吃饱肚皮。而要做到这一点，单靠在田埂上放牛，想喂饱牛肚子，难。

于是，我们那帮孩子，放学后放牛时，多半是一边放牛，一边割牛草。顶来得快，易见分量的，便是往河港、湖荡边割"高瓜"叶儿。牛挺爱吃的。

故乡一带，多水，水生植物就多起来。这当中，"高瓜"亦多，且多为野生。谁能想得到，在很久很久以前，"高瓜"，曾经是一种人工栽培的粮食作物呢？！

据介绍，这"高瓜"，在古代有个专有名称"菰"。《礼记》就有记载："食蜗醢而菰羹。"而《周礼》中就已经将

"菰"与"稌""黍""稷""粱""麦"合在一起，并称为"六谷"。可见周朝就有用"菰"的种子作为粮食来种植的传统。

"菰"的种子，也叫菰米或雕胡，在前人的诗词之中，常见这样的叫法。唐代大诗人李白就有一首《宿五松山下荀媪家》，其诗有云——

我宿五松下，
寂寥无所欢。
田家秋作苦，
邻女夜舂寒。

跪进雕胡饭，
月光明素盘。
令人惭漂母，
三谢不能餐。

同样大名鼎鼎的郭沫若，郭老，在其专著《李白与杜甫》中这样解释"跪进雕胡饭"：古人席地而坐，坐取跪的形式。打盘脚坐叫"胡坐"，是外来的坐法。客人既跪坐，故进饭的女主人也采取"跪进"的形式。这里，郭老将"雕胡饭"解释成了吃饭所取的姿势，能不闹出笑话来吗？

不只是李白，杜甫也有"滑忆雕胡饭，香闻锦带羹"之诗句。其实，这"雕胡饭"，就是用"菰米"做成的饭。也就是我们现在俗称的"高瓜"所结出的种子，用来煮饭。在唐代，"雕胡饭"是招待上客之食，据说用菰米煮饭，其香扑鼻，且得"软""糯"之妙。

后来"菰"受到黑粉菌的寄生，植株便不能再抽穗开花，"菰"作为粮食种植的历史也就宣告终结矣。今天，在我国已很难见到的"菰米"，在美洲却仍然盛产，也算是这一物种之幸运也。由于印第安人吃它，所以被称为"印第安米"。

古人言："祸兮福之所倚，福兮祸之所伏。""菰"的发展变化，似乎印证了这一道理。黑粉菌阻止了"菰"的抽穗开花结籽，但也让一些"菰"的植株，茎部不断膨大，逐渐形成纺锤形的肉质茎，且毫无病象。于是，人们就利用黑粉菌阻止茭白开花结果，繁殖这种畸形植株作为蔬菜。这就是我们现在仍普遍食用的"高瓜"，其学名应该叫：茭白。

晓得"高瓜"正儿八经的名字叫茭白，是很多年以后的事了。念书识字，之后在城里有了一份工作。早起上班，老听见巷道上有人吆喝"茭白卖啦……""茭白卖啦……"，走近看时，但见十来根一扎，十来根一扎，净是"高瓜"。说是按扎数卖，其实，每扎斤两都差不多，卖主先前搭配妥了的。按扎卖，卖起来爽手，便当。别小看这茭白，儿时割了喂牛的玩意儿，现时一扎卖几块钱呢。

在我的记忆里，那时繁茂的茭白叶儿，在河塘、圩岸、沟渠边发疯似的生长，要是进得湖荡、港汊之中，那更是成片成片，一望无际了，有力气割去好了，没人管的。偶尔，也会有意外收获。或是在茭白叶丛之中，发现了野鸡野鸭之类的窝，拿上几只小巧溜圆的野禽蛋，也是颇叫人高兴的事。

或是割茭白叶子时，割出几枝白白嫩嫩的茭白来，嚼在嘴里甜丝丝的。说实在的，野鸡野鸭、野禽蛋之类不是常能碰上的，倒是那长长的、白嫩的茭白，时常割得到，掰上一个，咬一口，脆脆的，甜甜的，颇解馋的呢。

当然，更多时候，是将茭白掰下，扎成一把一把的，拿回家做菜。茭白，切成细丝子单炒，鲜嫩，素净，蛮爽口的。若是切成片子与蘑菇木耳之类配成一道炒三鲜，完全可以代替竹笋而用的。

茭白名头比较响的，是在南方。它与莼菜、鲈鱼并称为"江南三大名菜"，可见其身份不低。我们乡野小子，年幼无知，只是看中它能喂牛，还真的有些"作践"它了。

唐代著名中医食疗学家孟诜，他对茭白的评价比较高，说它能"利五脏邪气"，对于"目赤，热毒风气，卒心痛"辅助治疗，疗效甚佳。孟诜还介绍了与日常调味品搭配的饮食建议："可盐、醋煮食之。"

清人赵学敏在《本草纲目》问世百余年之后，曾编出一部《本草纲目拾遗》，亦具影响。赵学敏在《本草纲目拾遗》里面，对于茭白的功效则记载得更为具体，比如茭白可以"去烦热，止渴，除目黄，利大小便，止热痢，解酒毒"等等。

由此看来，现在应酬频繁的诸公，倒是不妨听从赵先生之言，经常多食用一些以茭白为主料的菜肴。

四

我年轻时，有一段"大集体"的岁月。那时，没有分田到户，农村以生产小队为基本单位。记得那时生产队白汪汪的水田里，成片成片地长荸荠、茨菰。

荸荠，"水八仙"之一，属莎草科浅水草本植物，学名马蹄，又称地栗、乌芋、凫茈。李时珍在《本草纲目》中对其植物形状及栽培法有详细描述。他介绍说，荸荠，"其根如芋而色乌也"，故名"乌芋"。"凫喜食之，故《尔雅》名凫茈，后遂讹为凫茨，又讹为荸荠。盖切韵凫、荸同一字母，音相近也。三棱、地栗，皆形似也。"

李时珍详细介绍说："凫茈生浅水田中。其苗三、四月出土，一茎直上，无枝叶，状如龙须。肥田栽者，粗近葱、蒲，高二、三尺。其根白，秋后结颗，大如山楂、栗子，而脐有聚毛，累累下生入泥底。野生者，黑而小，食之多滓。种出者，紫而大，食之多毛。吴人以沃田种之，三月下种，霜后苗枯，冬春掘收为果，生食、煮食皆良。"

李时珍所言"吴人"，大概也就是现在的苏州一带。而苏州一带的"苏荠"，颇负盛名。据明正德年间《姑苏志》所载："荸荠出陈湾村者，色紫而大，带泥可致远。"明礼部尚书吴宽对家乡的荸荠也是赞誉有加：

累累满筐盛，
上带葑门土，

咀嚼味还佳，

地粟何足数。

这俗称"荸门大荸荠"的苏荠，个大皮薄，色泽紫红，肉白细嫩，少滓多汁，鲜甜可口，借用早年雀巢咖啡的一则广告语："味道好极了。"

茨菇，与荸荠同列"水八仙"，在李时珍笔下写作"茨菰"，其《本草纲目》中有这样的记述："茨菰一根岁产十二子，如慈姑之乳诸手，故以名之。燕尾，其时之象燕尾分叉，故有此名也。"难怪，茨菇，又有了"慈姑""慈菇"这样的称谓。

茨菇虽为一寻常俗物，文人墨客引入诗中者，却不在少数。唐代诗人张潮的一首《江南行》，借"茨菰"点出时令，寄托一个女子的思夫之情。全诗如下：

茨菰叶烂别西湾，

莲子花开不见还。

妾梦不离江上水，

人传郎在凤凰山。

有一则小花絮，江苏青年作家张羊羊有一年曾到得我的家乡，并在溱湖湿地发现，介绍"茨菰"这一物产时，引用了张潮的这首诗，认为与其引一首"怨夫"之作，不如用明学者杨士奇的那首《发淮安》更具画面感。不妨抄录如下：

岸蓼疏红水荇青，
茨菰花白小如萍。
双鬟短袖惭人见，
背立船头自采菱。

真是一幅风景画！蓼花红，水荇青，茨菰花白，湖水绿，已是生机盎然，色彩斑斓。想来，小姑娘的衣着该是另有一种色彩吧？这充满生机的湖面，加上充满青春气息的采菱少女，岂不叫人流连？如此看来，如将这首诗在旅游景点陈列，还真的比张潮的《江南行》更适合。如此美景、美人，岂不令人爱怜？

长荸荠、茨菰，均需育秧子，但育法则不太一样。育荸荠秧子，先做好秧池坂子，之后，栽下留种的荸荠，待破芽长出圆圆的亭子后，便可移至大田去栽。育茨菰秧子，一样得做好秧池坂子，栽下的，则不是留种的茨菰，而是从茨菰上掰下的茨菰嘴子。茨菰嘴子栽在秧池坂子上，颇密，用不了几日，便会破芽，生出阔大箭形叶子来，亦能移栽了。

荸荠与茨菰，形体稍异。荸荠，呈扁圆形，嘴子短，皮色赤褐，或黑褐。茨菰，则呈椭圆形，嘴子弯且长，皮色青白，或黄白。

深秋时节，白汪汪的水田，渐渐干了，圆圆的荸荠亭子，阔阔的茨菰叶子，渐渐枯了，该是收获荸荠、茨菰之时了。村上，成群的青年男女，听了小队长的指派，扛了铁锹、铁叉，背了木桶，散在田头挖荸荠、茨菇。荸荠、茨菇均在泥底下，翻挖起来颇费力。这等活计，多为小伙子所为。姑娘们多半蹲在小伙子的锹叉之下，从翻挖开的泥土上，拣荸荠，或是茨菇。自然也有大姑娘不服气的，偏要与小伙子比个高低，拿起铁锹，憋着劲儿挖，惹得一帮子男男女女，在一旁看热闹，看究竟谁给谁打下手。

收获荸荠、茨菇，翻挖较常见。然，终不及"崴"，颇多意趣。刚枯水的荸荠田，抑或是茨菇田，除了零散的枯叶，似无长物。或有一群男女，光着脚丫子，踩进田里，脚下稍稍晃动，"崴"上几"崴"，便有荸荠、茨菇之类，从脚丫间钻出，蹭得脚丫子痒痒的，伸手去拿，极易。那感觉，给劳作平添几多享受。

"崴"荸荠，"崴"茨菇，青年男女在一处，有些时日了，于是，就有些事情了。有小伙子盯着黝黑的田泥上大姑娘留下的脚印子，发呆，心热。便悄悄地去印了那脚丫子，软软的，痒丝丝的。

荸荠、茨菇去皮之后，肉色均白。荸荠可与木耳、竹笋之类炒菜，可煮熟单吃，亦可生吃，甜而多汁。农家孩子，时常在大人翻挖的田头，随手抓上一把，擦洗一番，便丢进嘴里。茨菇生吃，则不行。用其做菜，可切成片子、条子、块子。茨菇片子，可与大蒜、精肉小炒；茨菇条子，可与蛤蜊、鸡丝之类白烧；茨菇块子，可与猪肉红烧。整个儿的茨菇，烧煮后过掉一回苦水，之后，加冰糖熬，便可做成一道冰糖茨菇，亦极有味道。

另有一道菜：咸菜茨菇汤。汪曾祺先生在《故乡的食物》一文中说："咸菜汤里有时加了茨菇片，那就是咸菜茨菇汤。"他介绍说，"一到下雪天，我们家就喝咸菜汤，不知是什么道理。"而这"咸菜汤"所需的咸菜，则是"青菜腌的"。

汪先生详细描述的腌菜过程，跟我们兴化农村的做法完全一致。他写道："入秋，腌菜，这时青菜正肥。把青菜成担的买来，洗净，晾去水汽，下缸。一层菜，一层盐，码实，即成。随吃随取，可以一直吃到第二年春天。"这样的活儿，我年轻时就曾干过。

汪先生说，"腌了四五天的新咸菜很好吃，不咸，细、嫩、脆、甜，难可比拟"。这"细""嫩""脆""甜"四个字的感觉，我们也是有的，只不过，并没有觉得"难可比拟"。

想来，这样的感觉，包括他后来告诉我们："我很想喝一碗咸菜茨菇汤。"这跟他十九岁离乡，在外辗转漂流三四十年，是有很大关系的。当然，跟他在沈从文先生家里，听到老师的那一句，"这个好！格比土豆高。"也有关系。他想吃一碗"咸菜茨菇汤"，实际上，是想念那已经逝去的岁月和岁月里的人。

五

故乡多芦荡。鸭知水暖时节，沉睡了一冬之后，芦荡渐渐有了生机。芦芽止不住地蹿出水面，嫩绿嫩绿的。浮萍、水花生之类，漾出芦荡。几经春风春雨，芦荡便是碧绿绿的一大片，满眼尽是芦苇子，铺向天边。渐阔的苇叶在春风里摆动着，"沙沙沙"地响。野鸡、野鸭飞进来，小鸟、小雀飞进来，这儿一群，那儿一趟，叽叽啾啾地叫，挺悦耳的。不时有几只燕子，剪水而落，停在芦荡的浅滩上，啄些新泥，之后，飞到寻常百姓家去，尽心营造自己的巢。

这一带，最常见的芦苇，为河柴和盐柴两种。以河柴为最多，偶或在河柴之中，生出一小片盐柴来，颇为惹眼。因为河柴的杆儿过细，叶儿狭窄，而盐柴则不同，杆儿粗壮挺拔，叶儿阔，且长，有股子柔劲、韧劲。从介绍中，便不难分辨，将来被打了去裹粽子的，肯定是后一种，盐柴上的苇叶儿，真正"粽箬"是也。

至于说，两种芦苇开出来的芦花，一白一黄，那是要到秋天，才能欣赏得到的景色。那时节，芦絮满天，飘飘荡荡，那轻柔，那悠扬，给秋季平添些许诗意，些许浪漫。

粽箬，天生是和一个节日拴在一起的。那便是"端午节"。因为"端午节"，这粽箬才有了用武之地：裹粽子。

传说屈原投江后，家乡民众害怕龙鱼吃了他的身体，纷纷裹粽子投入江中，任由龙鱼吞食，以此避免屈原身体受伤害。这样裹粽子的习俗，就一年一年延续了下来。而粽子也成了人们生活当中的一道美食。

说到现在，本文的"主角"可以闪亮登场矣。这"主角"不是其他，正是"粽箬"。不妨费些笔墨，略作交代。

试想，若是没有了"粽箬"，那这"粽子"从何而来？

没了"粽子",怎么保护屈原大夫的身体呢?不能保护屈原大夫的身体,那这"端午节"还有什么意义?一个没有意义的"端午节",那又有谁在乎呢?那些习俗,也就随之失去光泽也。因此上,"粽箬"之重要,完全显现。

端午节前的县城,卖粽箬的女人,随处可见。她们挑着青篾小箩筐,走在青砖小巷之上,一溜儿软软的步子,杨柳腰,青竹小扁担在肩头软悠悠的,直晃。时不时地,有女人亮开嗓子吆喝几声:"卖——粽箬咯——""卖——粽箬咯——"

卖粽箬,有这般沿街叫卖的,亦有摆地摊卖的。粽箬装在一只小木盆里,木盆旁边备个小水桶,卖主适时给粽箬洒些水,那粽箬看上去水淋淋的,青滴滴的,难怪女人干这营生才相宜呢。

地摊上,除了卖粽箬的,还有卖艾的,卖菖蒲的,也有卖红萝卜的。长长的一条龙摆下来,占满了整个巷子,听凭过往客人挑选。要想买粽箬的话,花几分钱便能买到一把了。寻常人家三五把粽箬,过个端午节,便足够了。乡里人,想得颇开,这粽箬从芦苇荡里打下,除了花些工夫,并没费什么神,一年到头,也难得过问那芦苇的长势,卖便宜些无所谓的。

冬去春来,四季轮回,那芦苇在荡子里,黄了绿,绿了黄,顺乎天然。偶或需要时,进得荡去,或打些苇叶,或割些柴草。住在荡边的人家,每年端午节落得一大片好苇叶,秋季落得一大片好柴草,倒也叫人眼馋的。

想来是粽箬自然天成的缘由，不施化肥之类，且打下便随即上市，满身鲜活之气，一经烫出，既翠，且柔，在女人手指间缠绕几下，之后，便会翻出多种花样：菱角粽，小脚粽，斧头粽……上锅用木炭火蒸煮，待锅圆气之后，便可揭锅。那粽子，出得汤来，清香盈面，青翠逼眼，叫人垂涎。

在我们那里，裹粽子的原料也颇多讲究，有白米的，红豆的，绿豆的，蚕豆的，咸肉的，蜜枣的……数不胜数。用不了到端午那天，亲友之间，礼尚往来，那粽子早就你来我往，四处流通了。有苏轼词句为证："五色新丝缠角粽，金盘送。"

离开故乡，在外地城里做事，每日路过的小巷上，再难见到三五成群的女子，担粽箬，一溜儿软软的步子，还有那甜甜的叫卖：

"卖——粽箬咯——"

六

粥饭菜和麦浪头均是野生菜，株体小，且矮。我们里下河一带乡间颇常见。

粥饭菜单株较麦浪头更小，双叶长且圆滑，无棱角，茎部稍短，呈红色。远远望去，红茎绿叶颇好看。在我的记忆里，没有比粥饭菜更小的野菜矣。

麦浪头正规应该叫"马兰头"。然，家乡一带都叫麦浪头。在我的感觉中，马兰头虽为正宗叫法，但终不及麦浪头赋有诗意。这两种小野菜，自然也是伴随春天的脚步而来，此时，家乡多麦田，青青麦田间的田埂上，总能见到粥饭菜、麦浪头的影子。前几年，有个叫李健的唱作人，写过一首《风吹麦浪》，一听他唱这首歌，便无端地想起老家麦田间的麦浪头来。这麦浪头较之粥饭菜，则叶多棵壮，至根部方露淡红色，看上去比粥饭菜更泼皮。此二物，田埂、圩堤上，极易寻见。

小的时候，到田野拾猪草，望到粥饭菜、麦浪头，便喜欢得不得了，蹲下身去，用小铲锹挑将起来，极细心。不要误会，这可不是给猪吃的。当然，猪完全可以吃。我们这一拨生长于乡间的孩子，谁没有拾猪草的记忆呢？那时节，家里劳动力多的还好，在生产队干活，一年下来，年终"分红"时，多多少少总能从生产队会计手上，拿些钱回家，置办年货和一家老小的新衣服。当然，这"分红"所得，不可以全部花光的，尽管花光这点钱，太容易了。家里平时用钱的地方多着呢，哪能只顾着"过年"，就不过日子？往后的日子总是要"过"的，日常油盐酱醋之类、针头线脑之类，都得花钱。

像我家兄妹四个，只有母亲一人平时在生产队劳作，父亲很多时候在外面，如此一来，到年底，我家不仅"分"不到"红"，还要反过来给生产上缴纳欠款。这样的情况下，日子怎么"过"？

多亏母亲勤劳，既养猪，又养鸡养鸭，每年从这"副业"上，能收入不少，不仅缴纳了生产队上的费用，而且每年都能给我们兄妹添置新的衣裳。我清楚地记得，父母亲是不可能每年都做新衣的，毕竟家里日常开销也"出"在这"副业"上。其时家中，我和大妹妹已经上学读书，也需要花钱。那时是没有"义务教育"之说的。因此上，我这样的孩子，放了学之后，抑或不上学的时候，总是要给家里猪圈里的猪拾猪草的。有了猪草，猪既能长大，又能少吃点家里的饲料，节省开销。

然，碰到粥饭菜、麦浪头这样的野菜，还是舍不得给猪吃的。

那大河两岸的圩堤上，抑或是麦田间的田埂上，朝阳的所在，粥饭菜、麦浪头往往成了片。碰到一处，便是绿绿的一大簇，一大片。粥饭菜成了片，一般高矮，看上去很平整，似平铺在地面之上。而麦浪头，则簇成团，一簇簇，一团团，蓬蓬勃勃，样子很是繁茂。

这刻儿，甩开膀子，尽管"挑"。挑得心里喜滋滋的，忘了尚需拾猪草的正事，也是常有的。回家，只有乖乖地等家里大人撕耳朵、凿刮子，没得嘴瓢。说来，我的童年是极幸运的，母亲从未因为这种事，打过我。而我上学读书，有相当一部分时间，是和婆奶奶在一起生活，她老人家，对她的宝贝外孙，疼爱得不得了，我做错了事，她都难得有个高声，哪里肯动手哟！

洗汰干净的粥饭菜、麦浪头，切碎，煮了野菜粥，香喷喷，鲜滋滋，一口气喝上几碗，美得没法说。闹粮荒的年代，粥饭菜、麦浪头救过不少人的命。

　　有过一阵子，人们似乎不记得它们了。等到粥饭菜、麦浪头重新被人提起，那是因为这原本野生的物种，进了塑料大棚，进行人工种植矣。

　　这粥饭菜、麦浪头来源多起来，想着用它们的人也就多起来。每日做早点的包子铺、小吃店，开始以此为原料做点心，包水饺、馄饨，还真是上好的原料呢。

　　眼下，我们那里各家风味小吃店，包水饺，包馄饨，甚至居民家中包春卷，所用的馅子，不只有大蒜、药芹之类，用荠菜、粥饭菜、麦浪头的逐渐多起来也。看起来，这粥饭菜、麦浪头切碎，与猪肉混制成馅儿，无论是包饺子，还是包馄饨，煮熟品尝，其口味远超出那大蒜或药芹做成的馅子，亦不比荠菜馅子差。那味道，清香，奇鲜。

　　这粥饭菜、麦浪头，可以做菜的地方多矣。其中，清炒或凉拌，皆能得其真味，且为时令小菜，已经进得我们这样的寻常百姓之餐桌。其实，这种做法，早已有之。袁枚那部著名的《随园食单》中，就曾收录麦浪头凉拌的做法："马兰头菜，摘取嫩者，醋合笋拌食，油腻后食之，可以醒脾。"

　　　　　　　　　　　　　　　　　原载于《西部》2018 年第 2 期

唤醒儿时的味蕾

　　我出生于三年严重困难时期的中间一年。在我的记忆里，村里的人见面问候的第一句话，几乎总是：曾吃过呢？而对方不论吃了没有，多半会回应：吃过呢。

　　这是我们的下一代颇费思量的，怎么会问如此低级的问题呢？张口闭口只谈吃，也太俗了一些。

　　非也，古人云，民以食为天。吃，显然是十分重要且十分严肃的问题。现在虽然再也不会为填饱肚皮而发愁，这并不代表在吃的问题上，就没有什么可愁的了。

　　在我看来，现在风行的洋快餐，就很令人担忧。你不妨在那些快餐店里扫一眼，不难发现，标准体重已经十分稀有。健康饮食，的确成了全民都必须关注的大问题。不止于此，我还有某种隐忧，现在被洋快餐喂大的孩子，长大之后很有可能会变成"失故乡"的人。儿时的故乡有什么样的美食值得留念？我估计，这些孩子会把自己的头，摇成个拨浪鼓。原因很简单，这些孩子的味蕾早已被洋快餐占领，哪里还有故乡民间食品的一席之地呢？！

在这一点上，我可以骄傲地说，任何时候，我的味蕾都会记住儿时的味道，这也是故乡留下的味道。我说的，当然是在我脑海中留下深深印记的，故乡的食物。

很多年前，我的同乡，著名评论家王干在评价我的长篇小说《香河》时，就曾说过："人的语言记忆、思维记忆都是可以改变的，但要改变一个人肠胃的记忆太难了。这种肠胃记忆让我在看《香河》时，有时候肠胃都蠕动了，因为它里面写了很多家乡的风物小吃。看《香河》，我是把它当作一个长篇的、纪实的、回忆性的散文来看的，看《香河》，其实是我的精神的一次还乡。"

在我所生活的泰州地区，民间有给人送礼"三件头"的说法。这"三件头"，就是麻饼、麻糕、香麻油。这与当地人口头常说的"泰州三麻"，完全是一回事。无论是"三件头"，还是"泰州三麻"，当中所说的"麻糕"，其严谨的表述叫：泰州嵌桃麻糕。

你可不要小瞧了一块小小的泰州嵌桃麻糕，它可是早在清代就颇负盛名了。相传泰州城最古老的茶食作坊"九如斋"老板花云斋，得知泰州北城门外天滋庙年逾八旬的老僧爱吃麻糕和核桃，于是灵机一动，将核桃仁嵌入芝麻粉中烘烤，试制成了酥脆香甜的嵌桃麻糕，深得天滋老僧的喜欢。久而久之，天滋老僧的这一喜好，亦为民间所熟知，于是民众们争相仿制花云斋师傅所做的嵌桃麻糕。不仅如此，这些信众，来天滋庙烧香拜佛时，还要给天滋老僧带上一些嵌桃麻糕。如此一来，"嵌桃麻糕"这样一道花云斋师傅偶然所得之小点，得以不断推广普及，逐渐变成了普通百姓之所爱。

进入近代以来，泰州嵌桃麻糕还是可圈可点，获得过不少殊荣的。1934 年，泰州吉呈祥茶食店的嵌桃麻糕参加江苏省物品展览会，勇夺冠军；1952 年，泰州嵌桃麻糕曾经作为慰问品赠送给在朝鲜英勇作战的中国人民志愿军；1958 年，泰州嵌桃麻糕被国家多个外事部门作为馈赠外宾之礼品；1983年，40 多个国家的驻华使节、商务参赞来泰州观光时争相购买泰州嵌桃麻糕。有《竹枝词》为赞：

> 芝麻碾细嵌桃香，
> 切片微烘色淡黄。
> 甜脆香酥夸绝诣，
> 外销能为国争光。

泰州嵌桃麻糕能获得如此多的国外使节的青睐，并非偶然。这与其用料讲究和制作精良密不可分。泰州嵌桃麻糕主要原料有 4 种，其中用本地原料两种：里下河隔岸坡上生长的芝麻，其特点籽粒饱满，植物油脂含量高，香味纯正；里下河盛产的圆身香糯米，其特点比普通糯米个头长，黏性好。此外，还有广东产甘蔗绵白糖、云南产的核桃仁。

泰州嵌桃麻糕的制作可分为两个大的部分，第一部分是对4种原料的处理。芝麻，淘洗之后用清水"站青""擦皮"，下锅先文火炒，再猛火炒，使其呈黄色便可出锅。之后经过风箱去除各种杂质，将芝麻仁碾碎，呈粉末状；香糯米，淘净之后用温水冲，保温一小时，上锅和细黄砂一起炒，直至糯米充分膨胀，之后过筛滤砂，再经过风箱去除其他杂质，便可上石磨将糯米磨成细粉；甘蔗糖，将其加工成软细粉糖；核桃仁，在热水中浸泡10分钟，之后去除其表面的苦涩味，用清水冲滤、晾干。

第二部分是对所有原料进行合成加工。将加工好的芝麻粉、糯米粉、蔗糖粉，按照一定比例配制成手工擦粉，之后过筛、过秤，取每份合成好的糕粉的一半，装入事先准备好的锡制烫模中，推平，压实，再将加工好的核桃仁嵌入，接着将另外一半合成糕粉倒入烫模，再推平，压实，然后将装有糕坯的锡烫模置于60摄氏度的锅中炖，至熟出锅，从锡模中倒出糕坯，再回一次锅，时间大概只需几分钟。之后，将糕坯进行开条处理后放入煲温箱煲一个白天，便可以切片，然后进行人工排盘，进炉烘焙。观糕坯烘焙呈麦芽黄即可出炉，起盘，散热，晾干，进行最后的包装。

制成之后的嵌桃麻糕，其规格固定且一致：长7厘米，宽3厘米，厚1毫米，呈长方形制。据相关专业人士介绍，泰州嵌桃麻糕，不仅口味香甜，口感酥脆，而且富于营养。检测结果表明，一块嵌桃麻糕中，总含糖量为30%，植物性脂肪含量12%，植物性蛋白质含量16%，以及丰富的维生素、核黄素、尼克酸和钙、磷、铁等矿物质，具有提神醒脑、养血益气、健胃补脾、滋养肝肾等功效。

如今，当你漫步在古色古香、充满古意的泰州老街之上，便可见经地方政府恢复重建的百年老字号"五云斋"；当你借着夜色乘船游览光影掩映、色彩斑斓的凤城河时，便可品尝到凤城河景区免费提供的泰州嵌桃麻糕，入口品尝，酥而不散，脆而不板，咀嚼之间，满口留香。一片小小的嵌桃麻糕，让多少人记住了泰州，让多少人留在了泰州，更让多少人对泰州心生向往！

与泰州嵌桃麻糕的"酥""香"稍有不同，同属泰州地区的姜堰薄脆，则呈现出"薄"和"脆"之特点，并因其"薄"和"脆"而得名。

说起姜堰薄脆，则不得不提"稻香村"。这可是一家百年老店，"薄脆"这一品种就诞生于此。然而，令人不无遗憾的是，现在到姜堰已经看不到"稻香村"的身影矣。

据介绍，当时的"稻香村"，坐落在姜堰东街之上，两间店面，坐南朝北，屋檐外设有宽敞的雨篷，篷下悬一木牌，上书"进呈贡点"四个金色大字。店门上贴着一副嵌字联，上联："稻秀成千穗"，下联："香飘第一村"。店堂内东西各立有"中西糕点""四时茶食"之站牌。南边是曲尺柜台，货架下有一横匾，书有"雪片香飞总是群花放蕊，枣糕味厚无非五谷精华"。如此之气派，在其时其地，可谓是首屈一指。当地有位名叫周志陶的老者，曾对"稻香村"的薄脆作如此夸赞：

薄脆罗塘最有名，

当年创自稻香村；

形如秋月三分厚，

爽口酥甜不腻人。

　　"稻香村"创办于 1914 年，其创始人为翟鉴泉和他的师兄季则礼。他们创办"稻香村"的时候，姜堰城里已经有了连升、庆升两家茶食店。刚开始，稻香村也是和这两家茶食店一样，主打产品为脆饼和徽子，之外根据四时气候不同，间或增加一两个品种。譬如，春天做薄荷麻糕，夏天做绿豆糕，秋天当然是做月饼，冬天做董糖。

　　如此按部就班，稻香村生意也不会差到哪里去，正常运营应该没有太大的问题。可翟鉴泉、季则礼是两个爱琢磨、肯钻研、想干一番事业的人。经过一段时间的研究，他们发现，一到夏天茶食生意就比较难做，像桃酥之类多油食品不好卖，像小麻饼又干又硬，也不好卖。能不能有一种新的茶点，既不像桃酥那么多油，又不像小麻饼那么干硬，酥爽一点，香脆一点，顾客肯定会喜欢。想法一出来，他们立马付诸行动，首先从工艺上寻找突破口。将通常的"死面"改为"发面"，将原来厚大的糕体，改为薄而小的形制，几经烤焙试验，做出了一种香甜酥脆的"酥油饼"。这新品"酥油饼"，其品质跟现存稻香村店内的所有茶食都不一样，色泽微黄，入口即酥化，且口感甜爽，不腻人。它的外形，则更赢人，小巧轻薄，往桌上轻轻一丢，立即碎成数片，其薄脆品质显而易见。于是乎，翟鉴泉、季则礼就给他们自己试制出的新茶点起了个"薄脆"之名。

薄脆上市，翟鉴泉、季则礼还在营销策略上创新。改变以往茶食按斤两计价的做法，换之为按片付费，一片薄脆两三个铜钱，与一只脆饼的价格相当。如此新品，自然会受到民众的喜爱。薄脆一面市，一炮打响。当然，用现在人的眼光看来，薄脆按片卖，也有明显不足。茶点容易为手所污，不太卫生。因而，现在市场上买到的薄脆，还是整体包装。此是后话。

经过岁月的洗礼，实践的摸索，姜堰薄脆亦已形成了自身较为成熟的制作规范。首先是用料。姜堰薄脆的主要原料为：花生油、芝麻油、蔗糖、面粉。花生油用来发酵，芝麻油用来提香，蔗糖自然是增加甜度，只不过，这三种原料宜用新上市的，隔年陈最好不用。做薄脆，对面粉的要求很高，需是精面，即加工出的头道麸面。用此面粉发酵，不仅劲大宜发酵，且发酵后的面品质细腻。

其次是制作加工。姜堰薄脆的制作加工可分为：发面、揉面、制坯、烘焙、包装五个步骤。发面，关键在于"酵"基要好，否则没有劲道。发酵好之后，则要掌握好加碱的分寸，少了口感酸，多了口感苦且涩。揉面，几乎是做每道面点都有的工序，无太多特别之处，将面团揉搓至光滑发亮、弹性十足即可。别忘了，得将所有配料掺和进面，再进行搓揉。制坯，用制薄脆所特有的工具，将揉搓成熟的面团，裁成大小相等的圆饼状之后加石磨压制，使其成为直径6厘米、厚度2毫米的薄脆坯子，并撒上芝麻待烤。烘焙，将薄脆坯子置于事先加温的铁锅中上下烘烤，掌握好烘烤的时间和锅内的温度，既不能生熟不匀，又不能烘烤至焦。包装，出锅的薄脆，散去热气之后，即可进行包装上市。每年五月端午节、八月中秋节、新年正月过春节，都会是薄脆行销的旺季。

姜堰薄脆，现在和溱湖簖蟹、溱湖青虾、溱湖甲鱼等"溱湖八鲜"一起，发展成了姜堰地区颇具盛名的地方特产，并且成功进入苏果、世纪联华等大型超市销售，为更多的消费者所接受，所喜爱。

说了泰州嵌桃麻糕和姜堰薄脆这两种民间小点之后，请允许我再向读者诸君介绍一种清凉爽口的糖果：泰州丝光薄荷糖。

先说一段故事。

话说清末民初，有一年盛夏，日头如火，暑气逼人。泰州稻河清化桥下，集中停泊了一批从里下河赶来的贩运粮草和农产品的商贩，他们原以为躲在桥下，可以聊避暑气，无奈天气太闷热，许多商贩出现了头疼、头晕、咽喉干燥等不适症状。这样的身体状况，商贩们哪里有什么心思做生意哟。

就在这时候，当地的一个郎中从清化桥上经过，发现了这一群萎靡不振、无精打采的商贩，知是中暑之症状，可郎中并没有急于施救，而是从近旁叫来了一位挑糖担子的，让卖糖的给桥下每个商贩几块薄荷糖，叫商贩们含在嘴里，待糖自行慢慢融化。刚开始，这群商贩有些不以为然，心想这郎中究竟唱的是"哪一出"？不给我们治病，反而让我们吃薄荷糖，如此做法，估计医术也高不到哪里去。我们又不是孩童，无需用糖果来哄的。不过，想想商贩们与这位郎中素未谋面，并不熟识，郎中却自掏腰包为商贩们买薄荷糖，也就不怎么好过分责备了。就在这些商贩们并没有弄清郎中发薄荷糖给他们是何用意时，商贩们的身体状态发生变化了，原先胸口烦闷、头疼头晕的症状减轻了许多，胸口不再烦闷了，有了一种凉丝丝的感觉，一下子舒服了许多。这时，商贩们才知道郎中是妙用泰州的丝光薄荷糖为他们解暑呢。

原来，这位泰州本地郎中，也不是平常医者，与泰州北山寺老僧过从甚密，从老僧那里学会了不少民间偏方。郎中早就掌握了薄荷糖具有润喉、去暑、止晕之功效，故而，面对一群中暑的商贩们，方能顺势而为。

郎中妙用薄荷糖的故事，在泰州流传甚广，亦让泰州丝光薄荷糖声誉大振，深受老百姓的喜爱。然而，真正将泰州丝光薄荷糖进一步发扬光大的，是一位名叫马宝春的制糖师傅。

民国时期的泰州，马宝春等人就在北城门外的扁豆塘一带，开办了大大小小的制糖作坊五六家。那时，借助货郎销售是一个主要渠道。城里城外，周边乡村，随处可见货郎挑着货郎担子，亮着嗓子走街串乡卖薄荷糖。录一则货郎唱的"顺口溜"为证：

一粒丝光薄荷糖，

生津润喉又清凉。

全身银丝甜又爽，

老少皆宜尝一尝。

　　后来，马师傅率领一帮制糖师傅，把薄荷作坊越办越多，队伍也越来越壮大。马师傅他们先后在施家湾、老渔行、塘湾一带，开办了20多家制糖作坊，从事制糖这一行的，就有了200多人。这在当时，可是了不起的规模了。历经数年之后，马宝春收下了王宏诗为徒，并将自己的制糖手艺，毫无保留地传给了王宏诗。

　　泰州丝光薄荷糖，在制作过程中，有一道"抽丝"工序，让糖体本身似有"银丝"镶嵌，故而得名。在经历了一百多年的发展演变之后，亦已形成了一套自己的制作规范。主要有熬糖、冷却、叉白、拉条、压模五大工序。

　　熬糖。泰州丝光薄荷糖所选之料，为"两广"优质白砂糖，以及透明、高度数的麦芽糖，天然、无污染的薄荷油。熬糖时，要保持旺盛的炉火，让紫铜锅内的温度始终在150摄氏度至155摄氏度之间，将调制好的糖料放入锅内熬制，待糖料至稠，挑起成丝状，料体不沾手了，方能起锅。这时，熬制好的糖料有如流金，璀璨耀眼，十分好看。故而，制糖师傅给这道工序起了个好听的名字——"点石成金"。

　　冷却。冷却的主要工具是长约3米、宽约2米的冷却盘。冷却盘为双层空心，夹层内有循环水冷却。糖料置入冷却盘后，因低温冷却原理而不断凝固，此时便可加入适量薄荷油。

这加薄荷油的过程并不容易，需要制糖师傅用铁铲不停地"翻""铲""覆"，并把握节奏，循环往复，直至糖软硬适宜，便可将糖料堆成墩形。这道工序，从师傅的动作上亦有个颇为形象的名字——"翻江倒海"。

叉白。完成这道工序，主要靠师傅手中的两根"竹拉棒"。这"竹拉棒"，长大约 30 厘米，直径大约 3.5 厘米。叉白时，制糖师傅需双手持棒，呈交叉状，在冷却盘中挑起糖丝，来回"拉""牵""叉"。此时，两根"竹拉棒"在师傅手中，快速而有节奏地动作着，犹如双龙附手，而糖丝在师傅不停地"拉""牵""叉"动作之下，渐渐地变白了，而且越来越白，最后成了一团白球，似龙珠一般。因此，这道工序也就有了"双龙戏珠"的别称。

拉条。将先前准备好的"白条"（一种糖料），贴到糖墩之上，而糖墩则置于能保温的案板之上。在保温箱的作用下，案板上的糖体呈松软状，制糖师傅双手从糖墩抓起糖料往外拉，那贴在糖墩上的"白条"自然随着糖体的延展，而不断伸长，有如抽丝一般，源源不断。这时，师傅手中"拉"出的糖条，狭长苗条，匀称流畅。而贴在糖墩上随之"拉"出的"白条"如银丝一般，完美地嵌入了糖条之中，细密白亮。此时，只等将糖条进行切割，丝光薄荷糖就即将做成了。这道工序从动作形态上，与缫丝工艺中蚕茧抽丝颇为相像，因而被称为"抽丝剥茧"。

压模。这是制糖的最后一道工序，靠的主要是模具的作用。将切割好的糖坯，装入模具中进行压制，使其成型。此时，糖果已经成块，一列列整整齐齐排列于模具之中，好似一队队士兵隐身于洞穴。于是，便有制糖师傅将这道工序叫作"兵藏于洞"。

刚出模的薄荷糖，金黄色的糖体上嵌有闪亮银丝，玲珑剔透，色泽诱人。丢一粒进嘴里，细细品啧，丝丝香甜之中，弥漫着满口的清凉。尤其在炎热的夏季，含一粒丝光薄荷糖，整个人会顿时清爽起来。

原载于《大家》2021 年第 4 期

那时，我们的农家菜地

一

在我的记忆里，再怎么统一管理，我们那里的乡亲们都还是有自由发挥的空间存在。谁家还没有一块小菜地呢？

与集体的农田相对应，农家的小菜地也叫"自留地"。而乡亲们自由发挥的空间，并不仅仅是小菜地，那些跟各家有着关联的拾边隙地，同样留给了乡亲们自由发挥的空间。

要知道，那时的小菜地，对于每个农家，都是过日子不可或缺的。那年月，没有基本口粮，日子没法过。果真没有了农家小菜地，日子也是没法过的。

那时的农家菜地，从种植品种上看，大致相同，似有雷同重复之嫌。其实也难怪，一个地方，物种相同是正常的，大伙儿的菜地里品种类似，并不奇怪。然，同为农人，自身的活计，精细与否？勤勉与否？还真不一样。农家菜地上，于是乎风貌有异，各不相同。繁茂，生机盎然者有之；顺眼，井井有条者有之；枯瘦，颓败之态尽显者有之；杂乱，野草丛生者有之……

当然，就多数农家而言，大伙儿还是愿意多在小菜地上花心思的。用我们当地人话说，一家几口的"老小咸"，几乎全出在小菜地上呢！"老小咸"一词中，前两字取本意，无须多言；后一字似从"咸淡"之味引申为"菜肴"。

哪个农家孩子没从早晨的饭桌上抓起根整条的胡萝卜张口就咬呢？刚蒸煮出锅的胡萝卜，咬在嘴里软乎乎，甜丝丝，烫也不肯松口。与生食时的脆、甜，口感全然不同。且有更重要的功效：充饥。

哪个农家孩子没从早晨的饭桌上抓起过煮熟的山芋、芋头呢？山芋个头大的，会拦腰切一刀。更大一些的，会切成厚一点的片状。用意很明显，便于蒸煮，熟得快。芋头，则不用如此麻烦。多半是毛芋头子儿，外表毛茸茸的，不作任何处理，洗净直接下锅，省事，省时。

我们那儿的芋头多为子棵芋（容稍后细述），一棵芋头挖出来，主根茎四周总会生出些大小不一、长圆各异的芋头子儿。芋头的主根茎，也叫母芋，多半留着做菜用，舍不得闲吃。芋头子儿，可做菜，可闲吃。譬如，蒸煮毛芋头便是一例。如若将毛芋头直接丢进粥锅里煮，煮成毛芋头粥，享用之前添少许食盐，吃起来咸咸的，别有一番滋味。

和山芋一块蒸煮的芋头子儿，无须剥皮，捏在手里时，只需轻轻一挤，其表皮自然开裂，芋头便会露出，洁白如玉，叫人垂涎。那糯黏的口感，伴着食物的清香，一下子满足了自身的味蕾。而同锅蒸煮的山芋，虽不及芋头子儿糯黏，却也多出一分粉和甜。如是当季的新鲜食材，那股鲜活之气，起锅时定会扑面而来。

古人云，民以食为天。在粮食颇为紧张的岁月，农家的一日三餐安排并非易事。如今的日子，在我的祖辈父辈们当时，是想都不敢想的。现在可是想吃什么就吃什么，要荤吃荤，要素吃素。不止于此，还有一些反时令瓜果蔬菜，从农家的塑料大棚产出，广受欢迎。我心里不免嘀咕，这什么时节吃什么，顺乎天理自然，现在竟然要反着来，能行吗？

过去农家餐桌上，不过年不过节，不是来人到客，难得见荤腥。而那时的稀罕物白米饭，现在是想吃几碗就吃几碗，再也不用喝照进人脸的薄粥矣。什么鱼肉荤腥，红烧、清蒸、白灼，想展示什么厨艺，就展示什么厨艺，"巧媳妇"再也不会有"无米之炊"之窘境矣。不止于此，政府现在三令五申倡导"光盘行动"，避免"舌尖上的浪费"！据说每年统计下来，食物浪费，十分惊人。真乃此一时，彼一时也。

想当年，乡亲们的日子还是苦了一些。一日三餐确实让农家主妇伤透脑筋。再伤透脑筋，也得有个安排。于是乎，那些农家主妇们，根据四季忙的程度不同，餐桌上的呈现也就不同。夏插，秋收，属农忙时节，人得拼了命地干农活，吃不饱哪成？！早餐，粥锅里总要挖上几个坑垯，碎米糁子做的，吃下去熬饥。午餐，饭一律干的，多半是胡萝卜粯子饭。蓝花大海碗，满碗装。堆上几段苋菜馏，咀嚼起来，蛮有滋味的。这样的时候，家里的孩子们也跟着沾光，吃干饭。晚餐，家里的孩子喝粥，做活计的劳力，则先将中午的几碗剩饭，匀了塞下肚子，之后，喝上几碗粥，潮口。这叫半干半湿。一到寒冬腊月，身子用不了担太重的农活，嘴里也就没有农忙时的好口食矣。多半是一日三餐喝薄粥。有的人家，早晨硬是赖在床上不起。一家老小，肚子饿得"咕咕咕"叫声一片了，也不起床。定要熬到午餐时，才会起来烧饭，两餐拼做一餐，一天只吃两餐，混过去。晚上，各家差不多净是粯子粥。顽皮的男孩子几泡尿一尿，便只剩下空肚皮了。

农家的早饭桌上有了蒸煮的胡萝卜、山芋、芋头，那是日子变得好过一些之后，尤其是实行联产承包，各家各户有了"责任田"。当年我们还处在长身体的时段，用家乡话叫"半桩子，饭缸子"，能吃得很。有了胡萝卜、山芋、芋头之类"副食"做补充，腹中实在了许多。大人们在地里干活，精神头儿也不一样了；我们这些在课堂上听课的孩子，听课也不会因肚子咕咕叫而走神，弄得不知子之所云也。

二

我们那一带，原先是不种植胡萝卜的。

胡萝卜其实不是萝卜。它是我们祖先较早种植的一种蔬菜，距今已有4000年栽培历史。从其名便可知，胡萝卜原产地并不是中国。一个"胡"字，天机尽泄。据《本草纲目》记载："元时始自胡地来，气味微似萝卜，故名。"李时珍说得很清楚，此物种是元朝时从胡地传到我国的，因其味与萝卜仿佛，故有了"胡萝卜"之称谓。

胡萝卜，曾救过我们那里不少人的命，善莫大焉。我出生于三年严重困难时期的中间一年。那时候，闹粮荒时有大面积发生。情形严重时，人们连粞子饭都吃不饱。只得外出想办法，从北边购买些便宜的替代品：胡萝卜。入冬时节，各家各户就靠这替代品，才得以安安稳稳地过冬。

那几年，乡亲们的饭碗里，常见的就是胡萝卜粞子饭。胡萝卜切得碎碎的，混在粞子里煮。顺便说一句，胡萝卜缨子现在似乎成了稀罕物，稍作加工，上得城里人的宴席，不论是做成纯粹的凉拌菜，还是制作成一道炒饭，其清爽的口感，独特的清香，均会给食客留下特别的体验。

到北边装运过几次胡萝卜之后，我们那一带的乡亲们便不再去了，而是弄些胡萝卜种子回村，自己种。家乡一带，种胡萝卜，始于那年月。其后，种了好多年。种胡萝卜，多半是集体统一种植，也有农家在小菜地自种的。集体统一种植时，择定了一块田，翻耕，破垡，落种。等到绿茵茵的叶子长出，黑土地不见了，荒凉萧条之气不见了。绿绿的一片，充满了生机，充满了希望。乡亲们的日子便有了色彩，有了念想。

多年之后，我才知道，胡萝卜中有一种胡萝卜素，在进入人体后可以直接转化为维生素A。这胡萝卜素，现在常被人们挂在嘴上。当下，人们的生活条件毕竟不一样了，绝大多数人讲究健康饮食，讲究身体摄入各种维生素要平衡，于是乎，胡萝卜身价提了上来。现在的星级酒店，早晨的自助餐，蒸煮的胡萝卜，几乎必不可少。

与胡萝卜成片大田种植为主不同，山芋、芋头多为农家各自种植，在农家菜地范畴之内。山芋的种植，在我们那儿多半以山芋苗插栽。山芋苗，多为购买所得，极少自家地里育苗的。购买山芋苗，需进城。没人将山芋苗挑到乡间来卖的。其实，这山芋苗，需求市场在乡村，不在城里。就是没人到乡下做这样的生意，不知何故。

春末夏初，县城的街头巷尾，便有山芋苗卖了。卖山芋苗的，多半挑了箩筐，沿街叫卖："山芋头儿，二角五一把啦！"乡里人，称山芋苗为山芋头儿，颇有道理。说是苗，其实无根，不过是从育种地，老藤上剪下的头儿罢了。山芋头儿，入土自会生根。卖山芋头儿的，在城里沿街叫卖，不是给城里人听的。城里人住房似鸡笼一般，够紧的，哪有地方长山芋呢。那叫卖，是给进城的乡里人听的。这种买卖，不论斤，不论两，论把数。一百棵一把，还是五十棵一把，卖主早数定，扎了稻草。买山芋苗的，一开口，便是要几千，多的上万，数目挺吓人，其实说的是棵数。多则几亩，少也有几分地呢，用得着。

长山芋的地，在插栽山芋苗之前，有一件重要工作要做：筑垄。将原本平整的地，翻挖，筑成土垄子，一垄一垄的，有了起伏。筑垄时，得注意垄与垄之间的间距，适宜为好。

紧了，将来山芋藤爬不开；疏了，费地。山芋头儿，栽在土垄上。有独行的，也有双行的。小垄子，便是一行栽在垄脊背上；大垄子，便可两行栽在垄两侧。

山芋苗颇泼，少用肥，多浇水。活棵后，藤迁得特快。头儿很快会伸到别的垄子上去了。这时，便要翻藤了。把山芋藤拉向原先生长的相反方向，叫翻藤。据说，翻一回藤，能多结大山芋的。藤叶过密的垄子，还得打掉些叉藤和叶子，带回家中当猪食。但，只喂猪，不免可惜了。山芋的藤叶，去其叶，撕表皮，切短，配以青椒，爆炒，便是一道家常小菜。清香，脆括，蛮下饭的。

山芋生长月余，便可割藤收获。翻挖出的山芋，皮红肉白，形态万千，颇好看。也有皮色淡黄的。脆，嫩，甜，水分足，既解馋，解渴，又充饥。山芋挺能长的，分把地，能挖好几百斤呢。家里预留之外，更多的是到街上去卖。不贵，几分钱一斤。街上，买的人挺多，吃个新鲜。切了条子炒，切了块子煮，皆可。也有切成片子，晒山芋干子。

乡里孩子，在家里收山芋时，也会在房檐风口处挂上几串，让风吹上一冬。天冷了，飘雪花了，再一串一串取下来，或生吃，或丢进灶膛里"炕"。生吃，那山芋，特甜。炕山芋，则香甜。山芋，给乡里孩子的冬季添进几多趣味。

城里也有炕山芋，跟我们乡里的炕山芋不太一样。城里有人专门卖炕山芋，那是在做一种生意。入秋，就有了。做这种生意全部的家当，便是一只大炭炉子，特大。立在路旁。炉台上放山芋。卖炕山芋的，与做别的生意不同，从不吆喝。

老远，便能闻到炕山芋的香味了，颇馋人。

山芋，其名可谓五花八门，各地叫法大多不一样。其中有一种叫法，"金薯"，道出了山芋传入中国的经过。清人陈世元所著《金薯传习录》中，曾援引《采录闽侯合志》——

> 按番薯种出海外吕宋。明万历年间闽人陈振龙贸易其地，得藤苗及栽种之法入中国。值闽中旱饥。振龙子经纶白于巡抚金学曾令试为种时，大有收获，可充谷食之半。自是硗确之地遍行栽播。

还说：

> 以得自番国故曰番薯。以金公始种之，故又曰金薯。

相传番薯最早由印第安人培育，后来传入菲律宾。传入菲律宾之后，一度被当地统治者视为珍品，严禁外传，违者要处以死刑。如今这般寻常之物，曾经那样的金贵，真是很难想象。让我有些意外的是，陈振龙正是从菲律宾将山芋引入国内的两个中国商人之一。在当时，可是要冒着被处死刑的巨大风险的。

陈世元在文中所提及的陈振龙，不是别人，乃其六世祖是也。乾隆二十年前后，这位陈世元，还曾在浙江宁波，以及山东青岛一带做山芋种植的推广工作。陈世元，便是我党红色经济专家陈云的父亲。据说，陈云年轻的时候，也曾跟随自己的父亲传种山芋。如此看来，这山芋得以进入我国并传播开来，实在有陈云祖上之功德也。

除了番薯、金薯的称谓，山芋还有着众多叫法。北京人叫白薯，河北人叫山药，河南、山西人称红薯，辽宁、山东人称为地瓜，江苏、上海和天津人称其为山芋，福建、广东和浙江人称为番薯，陕西、湖北、重庆、四川和贵州称其为红苕，江西人称为红薯、白薯、红心薯、粉薯之类，不一而足。即便是同一区域不同地方的人，对山芋的称呼也不尽相同，譬如我的老家山芋就叫山芋，而同属江苏的徐州地区则称为白芋，隶属徐州的下属县——丰县附近又称为红芋。再如山东大部分地区虽称其为地瓜，但鲁南枣庄、济宁附近的当地人又习惯把它叫作"芋头"，而真正的芋头则被叫作"毛芋头"。我不是农作物方面的专家，实在无法将山芋的叫法理得一清二楚。

向读者诸君坦白，在我儿时记忆里，之于芋头，是没什么好印象的。之所以没什么好印象，主要是源于给芋头去皮带来的麻烦，一个字：痒。其汁液，只要沾到皮肤上，痒得往肉内钻，其痒难忍。万一有汁液蹦进眼皮内，则更难受。揉不了几下，便成了一对兔子眼，通红通红的。家里大人才不管这些，他们所有的注意力全部在农活上，恰如古人所云：日出而作，日落而息。

不想刮芋头，投机取巧的事，我也曾干过。家里大人让刮芋头子儿，待人一走，便只管溜出去，和村上的小伙伴们玩"老鹰抓小鸡"之类的游戏。时辰差不多了，回到家中，将芋头子儿，拎到河口，洗洗颠颠。干净了，和了青菜、糁子、米，一锅烧。煮成一锅"毛芋头青菜粥"。如前文所述，加些盐，烧得咸咸的。最是那毛芋头子儿，筷子一夹，稍一用力，白白的子儿，小鸡蛋似的，脱了皮。咬在嘴里，有滋有味，蛮新鲜。因懒惰烧出的"毛芋头青菜粥"，三合一，抑或四合一，皆别有风味，让大人们胃口大开，吃了一碗又一碗，忘了原来刮芋头子儿的事，自然不再责罚了。

现时，芋头竟走俏了。家里烧菜，汪豆腐，少不了芋头丁子；萝卜芋头汤，少不了芋头条子。肉与芋头红烧，小孩子一个劲儿抢芋头吃。若是在我们小时候，不抢上几块大肥肉才怪呢。

然，终不及"毛芋头青菜粥"，来得浑然天成，滋味地道。懒，还能懒出一道美食，看来，懒也不全是不好的。

三

将茄瓜与茄子放在一起叙述，多少有点儿文人心理。仅述一种似乎孤单，两种一并叙述，且名字中都带个"茄"字，似乎也说得通。但我要事先声明，这两个"茄"字，仅字同，彼此间半毛钱关系都没有。茄瓜，正规应称南瓜，属葫芦科。而茄子，属茄科。

在我们那里，乡亲们从来不会将茄瓜称作南瓜的。抑或有在外地读过几年书的，回得家中，见茄瓜，呼之南瓜，便会遭家人嘲笑："茄瓜就茄瓜，什么南瓜北瓜的。"这种称谓上的纠缠，之于茄子，则不存在。正规叫法、民间叫法高度一致，都叫茄子。这样好，省却了许多言词上不必要的麻烦。

我们那里种茄瓜，多用与自家相关联的圩堤、岸埂之类的拾边隙地，也有用小菜地的。栽上几塘，够一家老小吃的便行。茄子更是如此。

长茄瓜、茄子，均需先下种，再育苗。上一年留好的种子，适时在预先翻晒好的苗床上落种，每天浇适量的水，促其破土发芽。这里有个细节需要交代，茄瓜落种，要"并"，将茄瓜种子一粒一粒并排着，整整齐齐地直立着插入苗床。茄子落种，无须如此讲究，散撒即可。其后观察的要点，倒是相同的。等到苗床上，所落种子发芽破土，有嫩绿的茄瓜苗、茄子苗，周正地生长出来，便可进行下一道工序：移栽。

栽茄瓜苗，论塘，不论株。茄瓜苗不散栽，得事先在选定的隙地、小菜地上，打好塘子。在塘里下足基肥，方可移苗。一塘，栽茄瓜苗三四株。

栽茄子苗，论株，不论塘。家中人口少的，栽个四五株，便够食用了。人多的，多栽些，二十株亦足矣。茄子前翻后起的，结起来，颇快。

茄瓜生长到一定时候，必须进行一道工序：套"蕾"。要知道，这茄瓜"蕾"，娇嫩得很，碰不得，碰了会夭折。这"蕾"，决定着茄瓜收成的好坏。"蕾"一夭折，哪里还有什么瓜结吵？

这当儿，套"蕾"就显得十分重要。掐下茄瓜藤上的独亭子花，撕去喇叭形的黄边花，花中长长的、满是花粉的亭子便显露了出来。将其套在"蕾"子上，便叫套"蕾"。其实际作用，便是人工授花粉。

套了"蕾"，茄瓜朵子渐渐大起来。待到花落瓜出，瓜地里便有大茄瓜了。有长的，有扁圆的，有歪把子的，形态各异。从几斤一只到十几斤一只，一个个胖娃娃似的，藏在宽大的叶丛之中。我曾在北戴河集发农业生态园看到过300多斤的巨型南瓜，叫我惊叹，真的是大千世界无奇不有。原本极寻常的南瓜家族中，竟有如此出类拔萃之"巨人"。不过，网上有消息称，几年前瑞士一位名叫贝尼·迈耶的男子，培育出了重达2096磅的南瓜，约951公斤，看着网上那跟小汽车一般大小的南瓜照片，我无话可说。但是，有一点我可以断定，如此超级巨无霸，入口之味肯定不及那些"小弟弟"。

还是让我回到长茄瓜、茄子，还有黄瓜、辣椒、韭菜等众多成员的农家菜地吧，望着瓜地里随处可见的茄瓜，望着浑身紫紫的茄子，心里头便滋生出收获的喜悦。

什么时候想到要吃茄瓜、茄子，去摘便是。炒茄瓜丝子，便摘个嫩些的；煮茄瓜，便摘个老些的。嫩茄瓜切成丝子炒起来，嫩、鲜、甜；老茄瓜，切成四方块，单煮，瓜粉，汤甜。考究的人家，将茄瓜内瓤刮下，和上面粉之类，可做成香甜松软的茄瓜饼子。我们那时候，乡里孩子夏天傍晚的"晚茶"，通常是少不了茄瓜这一主角的。喝着甜津津的茄瓜汤，咬几口香软的茄瓜饼子，好不开心。心底觉得，这日子还是有盼头的。

说实在的，我们童年的生活，苦虽说苦点儿，但毕竟不是唱《南瓜谣》的年代了。像我们这样年纪的，大多记得大型音乐史诗《东方红》里有一首歌，歌词中有这样的词句：

> 红米饭那个南瓜汤哟，咳啰咳，
> 挖野菜那个也当粮啰，咳啰咳，
> 毛委员和我们在一起啰，咳啰咳，
> 餐餐味道香，味道香啰，咳啰咳……

这首歌曲传递出了一种革命英雄主义和革命浪漫主义的情怀。这样比起来，我们似乎要为感叹那年月物质生活之匮乏而羞愧。我们的生活里，不仅有"南瓜汤"，还有"紫茄子"呢！

乡亲们摘茄子，多半是大早出门，去给自家小菜地浇水时，顺便从小菜地上摘上几个茄子之类，带回家来，丢给孩子煮饭时，蒸上。洗削茄子，一般小孩都会做。茄子滑溜溜的，好洗，不费神。去了小梗子之后，劈成十字形，一分为二，便可放在饭锅里蒸。

蒸，是在饭干汤之后，不是与水、米一起下锅。蒸时，劈成两半的茄子，得让切开的一面贴饭而蒸。用不了几把稻草，饭好了，茄子也蒸好了。开饭时，先用筷子，将茄子夹起，置大碗，或小瓷盆子里，配上油、盐、味精，再将茄子捣烂。上餐桌前，"扑"上几瓣蒜头子，一道菜便成了。这种吃法，自然天成，不事雕琢，纯粹乡间风味，倒也自有其妙。

农家的吃法，进不得城的。城里人吃茄子讲究多了。较常见的，便是茄子嵌肉。洗削好的茄子，劈成五六开。劈时得注意，不要完完全全劈开。用刀，并不一刀劈到头。其中一端，得让它连着。这样，一只茄子，虽开成五六瓣，捏住梗端，尚是整的。肉，则要切碎，剁成肉泥，再配以葱花、姜末之类佐料，拌好嵌入茄子。此时，须用细线，将嵌好肉的茄子扎一扎，再行加工。或红烧，或清蒸，皆可。上餐桌前去了细线，看到的是一只只完整的茄子。动了筷子，方知内有"锦绣文章"。这种吃法，费点事，但味道颇好。肉的油分被茄子吸收，两者可谓是各得其所。此时的肉虽肥，但肥而不腻；茄子其素，亦是素而不寡。

四

拾边隙地，实乃农家小菜地之重要补充，亦可视为其重要组成部分。架（当地方言音 ga，取去声）豇、丝瓜和扁豆，这三种作物，便在拾边隙地种植生长。在我们那一带，大集体时代，集体是不长这三种作物的。集体不长，乡亲们家家户户都长，都会有各家的几棵茄子，几塘扁豆，几架架豇，几树丝瓜，无一例外。架豇、丝瓜和扁豆，三者如能有其他植物依附，则更有利于各自生长。

那时节，农家的家前屋后，总会生长着几株楝树、壳树、榆树、杨柳之类，此时，只需在这些树下打塘，碎土，落种，抑或栽苗，适时浇水。

通常，每株树四周可打上两三塘，一塘内种上十来株苗儿。寻常农家，一个前院有四五棵树，后面猪圈、鸡窝旁，屋后茅坑旁，又有四五棵树，皆能打塘。这样一来，那架豇、丝瓜和扁豆结起来，就"海"了（当地方言，非常多的意思）。一家五六口，怎么也吃不完。

种植架豇、丝瓜和扁豆，多选择初夏时节。这架豇、丝瓜和扁豆，都是藤本植物，有了树的依附，藤儿怎样爬，都没问题，不用发愁。当然，有时也会专门为架豇搭架子。相比较而言，架豇的藤蔓爬得没有丝瓜、扁豆高，搭架便可应对。

专门搭架子的架豇，落种时就得考虑好架子怎么搭。"点"架豇时，得上些规矩，有行有矩，不能像点黄豆、点豌豆那样，散点。

给架豇搭架子，要等所种架豇种子出苗，长茎蔓，且茎蔓渐长，这时方可依其根部，插下小树棍或是芦柴棒。每株架豇根部都要插到，再用草绳之类，一棵一棵拴连起来，在架子上端连成一线，架子便固定成型矣。这架豇架子，多为两行架豇，共用一架。架子上端两两相对相交，成稳定三角形。这种架子，经得住风刮，吃得住藤爬。有了架子，架豇的茎蔓自会盘着架子生长，一圈一圈，盘得极好。

丝瓜藤蔓爬得最高，搭架子不能真正满足其攀爬之欲望。因而，乡亲们便让其借树生长。长长的藤儿，攀树而上。树有多高，丝瓜藤便攀多高。丝瓜从藤上倒垂下来，错落有致。

我们那里的丝瓜算不得长，以尺把长为常见。有一年，我到中国作协北戴河写作中心度假，在北戴河集发农业生态园，不仅见到了前文所述的巨无霸南瓜，还见到了一种细细的、长长的丝瓜。那丝瓜真够长的，几乎从棚顶垂到地面，有四米多长呢！

近得丝瓜，便有清香飘出。这清香，架豇、扁豆也有，只是以丝瓜为最。

扁豆爬藤的本领也不在架豇、丝瓜之下，完全可以和丝瓜"PK"。家前屋后的树杈间，有丁丁挂挂丝瓜结出之时，亦有嫩扁豆、嫩架豇结出。这三种家庭作物，丝瓜开黄花，以单株花为常见。架豇花与扁豆花相仿佛，有白色，有红色，有紫色，形状有点儿像小蝴蝶，皆成串。远远望去，绿叶丛中，一串串，似群蝶翩跹其间。架豇、扁豆的花形相差无几，结出的果实，却大相径庭。扁豆，顾名思义，因其果实扁而得名。架豇，较丝瓜更为细长，似乎过于苗条了一些，给人一副弱不禁风的样子，惹人爱怜。

从树上摘架豇、丝瓜、扁豆，办法虽然多，但终不及一法简便，且收效快。那就是遣家中小孩子直接爬树摘取。这些孩子真如细猴子一般，尤善爬树。平时爬树是要挨骂的，稍有不慎，从枝丫上摔下来，极容易受伤。现在准许爬树，去摘取丝瓜之类，在小孩子看来，美差一桩，自然乐滋滋的。"噌，噌，噌"，一眨眼的工夫，上了树丫。大人在下面喊，"摘这个"，"摘那个"。

处理新摘下的架豇、丝瓜、扁豆，并无多少复杂工序。

架豇、扁豆处理方法一样，撕筋，掐断，皆可徒手操作。丝瓜去皮的办法颇为特别。先将丝瓜切成段，再用筷子戳进去，贴着皮划一圈，瓜肉出，而圆圈似的瓜皮，则留在了手中。

撕筋掐断之后的架豇、扁豆，可以一起烧菜，亦可和茄子之类配烧。这里需要说明一点，架豇、扁豆这样的蔬菜，味淡得很，最好荤烧。常见的，和猪肉一起红烧。到最后，猪肉的油脂，被架豇、扁豆大量吸收，油脂在食物间实现了一次反转。而到了餐桌之上，猪肉与架豇、扁豆之间，受欢迎的程度，实现了又一次反转。原本寡淡的架豇、扁豆，味香而厚，寡淡二字早无了踪影，因而大受欢迎，比那油渍渍的红烧肉还要引人食欲。

在我们那里乡间，丝瓜多半是烧汤。打上几只鸡蛋，或放上馓子、油条，烧成馓子丝瓜汤，抑或油条丝瓜汤。丝瓜与鸡蛋爆炒亦很好。

小时候总弄不清，这丝瓜，究竟"丝"在何处。老了，有丝瓜瓢子了，丝瓜之"丝"尽现，至此才算得上名副其实。

　　一庭春雨瓢儿菜；
　满架秋风扁豆花。

转眼一个季节过去，飒飒秋风吹起，原本生机盎然的架豇藤、丝瓜藤、扁豆藤，皆渐枯渐萎，留在树杈上的架豇、丝瓜、扁豆，早干枯了。有少量的可留作下一年的种子，但多数没有太大用处的。倒是老丝瓜，从树上摘下，剔除干脆的外皮，丝瓜瓤子便完全现了真身。这丝瓜瓤子用来洗涤餐具、擦背，均不错。直至今日，我父母亲仍更习惯用丝瓜瓤子来洗涤。

丝瓜，不如另一些瓜儿，愈老愈甜，愈老愈香。老了，便空了，空成一段瓤子了，仍旧不废。有点儿意思。

接下来，我想借上述所引板桥先生楹联的"上联"："一庭春雨瓢儿菜"，来说一说连根菜吧！与瓢儿菜因菜叶形状得名类似，连根菜，亦从形状命名。顾名思义，连根菜，连根菜，菜上还连着根呢！这说明，连根菜是徒手拔起的。连着根，无疑在告诉人们，它的鲜、活、嫩。显然，这是一种时令小菜。跟有些地方将鲜嫩的小青菜，叫作鸡毛菜，道理差不多。想来，多半伴随着一庭春雨之后，方才上得街市的。

在城里做事，上下班得绕几条巷子。时常碰到卖菜的，挑了柳条箩筐，装好一把一把的连根菜，走街串巷，不时吆喝几声："连根菜卖呀……"有城中居民问价，答曰："两毛钱一把。"

最令人忆起的，是那些春雨蒙蒙的日子，卖菜人披蓑戴笠，挑起菜担子，沿巷吆喝。观其菜，叶儿碧，根儿白，鲜灵灵的模样，颇叫人爱怜。那吆喝声，淋着细雨，在小巷上飘荡："连根菜卖呀……"

连根菜，多在靠水边的拾边隙地落种，无须用苗。择定的隙地，翻晒几日，破垡，碎土，之后，撒下菜籽。撒种，定要匀。过密，过稀，均不理想，浇过几回水，隙地之上露出浅浅的绿，有了"草色遥看近却无"意趣。这时，上些许薄水粪。那小菜的叶色便会由嫩黄渐渐"油"起来。用不了几日，便可拔起，或自家享用，或上街去卖。

连根菜，一天一个颜头。拔菜的时日，讲究的是"适宜"二字。早了，菜尚小；晚了，菜则老。连根菜拔起时，以徒手掐得下根来为佳。因而，处理连根菜，多靠手。是拔，是掐，无须其他器具。吃连根菜，吃的就是鲜嫩。

我们那一带，最常见的是连根菜烧汤。刚拔下的连根菜，手一掐，嫩滴滴的。洗好，切好，放在锅里稍炒几铲子，之后烧"连根菜汤"，一透便吃。一个透字，提示的是锅里汤汁的状态。透，便是锅开了，汤滚了，可以起锅了。一透便吃，那菜碧，汤清，味鲜，十分爽口。

这"连根菜汤"，讲究连根菜单烧，无须再杂配其他食材。有一碗"连根菜汤"，一直留在我的味蕾中，叫我至今不忘。那是许多年前，我到老家的一个乡镇做某项专题调查，中午被留下吃饭。在那个乡政府食堂里，喝到了一碗连根菜汤，那种清爽，那种清香，那种原汁原味，那种地地道道，真叫我无话可说。能把原本极普通一碗青菜汤，做得如此纯粹，如此地道，也是一种境界。

与连根菜之鲜嫩堪可比拟的，恐怕要数一种红萝卜。这种红萝卜，萝卜头儿小巧，皮色殷红，似呈透明状。莫言先生有一短篇名作《透明的红萝卜》，让人羡慕。红萝卜在地摊上卖时，多半带着碧绿的叶，煞是好看。这种小个儿红萝卜，另有一颇具诗意的名字——"杨花萝卜"。

有一则关于乾隆、刘墉、萝卜与南京的故事。说，乾隆第六次下江南，对新近上市的萝卜很是喜欢。外省一位官员借机拍乾隆马屁，特地从他们本省挑了许多大个儿萝卜，言称，皇上圣明，这些萝卜都是刚长到这么大的。刘墉一向看不惯溜须之人，便想要治他一治。于是，派人专挑了些杨花萝卜进奉给乾隆，并禀报说，今年南京遭了灾，这些是臣从南京找到的最大的萝卜了。乾隆见了一大一小两种萝卜，于是决定给南京免征当年税赋，其税额全部由那位外省官员所在的省份承担。如此一来，这个头极小的杨花萝卜，便成了"南京大萝卜"。直至今天，"南京大萝卜"还一直叫着呢。只不过，有时这五个字中间会多出一个"人"来，就变成了"南京人大萝卜"，意味完全不一样矣。

　　在我们那里的民间，"扑萝卜"这道菜，做法颇为简单。先切去萝卜缨子，再将萝卜头儿洗削干净，放置案板之上，用菜刀扁扑，圆溜溜的萝卜头儿，自然碎裂开来，装入盘中，添上些许酱油之类的佐料，便可食用了。要注意，千万不能图省事，将萝卜切开了再"扑"。整"扑"，与切开来"扑"，口感完全两样。那自然"扑"开的萝卜，皮儿透红，肉儿嫩白，尝一口，脆中带甜，食后颇为开胃。

　　当然，如果想动刀子，也不是不可以。那就不是做"扑萝卜"，而是将萝卜切成萝卜丝儿，与海蜇丝儿，一起配以麻酱油、醋等佐料凉拌，做成一道海蜇皮拌萝卜丝儿，嚼在嘴里"咯吱"作响，脆，甜，爽口。汪曾祺先生曾在他的文章中介绍说："萝卜丝与细切的海蜇皮同拌，在我家乡是上酒席的，与香干拌荠菜、盐水虾、松花蛋同为凉菜。"这倒是和我老家做法一样呢。

在我们那里，城里人，做"扑萝卜"也好，做"海蜇皮拌萝卜丝儿"也罢，那红萝卜的缨子，多半是丢弃了，不再派用场的。其实，萝卜缨子一样能做出可口佐餐小菜。切下的萝卜缨子，剔去黄老败叶，汰洗干净，切得细碎细碎的，拌入适量食盐，放在小腰桶里，碜上一个时辰，之后，挤去所含汁水，装入容量适宜的坛子中，压紧，再用干净稻草打成球，垫在石块或砖头上，之后，挨墙壁倒扣坛子，让草球堵住坛口，即可。这般静放一段时日，想要食用时，随时从坛子中取出，配以菜油、生姜之类，爆炒，片刻工夫，便可享用。其鲜、脆，且带清香，真的别具一格。用它与早餐时的稀饭配，包你一口气吃上两三碗稀饭，亦舍不得丢碗。

五

豆类作物，在农家菜地中，分量不轻。常见的品种就有：红豆、绿豆、黄豆、蚕豆、豌豆之类。这当中，农家菜地种植，与集体大田种植，似有交差。在我的印象里，黄豆和蚕豆有大田种植的，也有农家菜地、拾边隙地种植的。其他皆以农家菜地，抑或拾边隙地种植为主。

先说红豆、绿豆和黄豆。此三豆，皆以颜色命名，且同属一科——豆科。放在一起叙述，不仅色彩丰富，而且也能发现三者之间细微之差异。

红豆、绿豆与黄豆相比，颗粒较小，绿豆尤甚。一提及红豆，多数人的脑子里便会涌出这样的诗句：

> 红豆生南国，
> 春来发几枝，
> 愿君多采撷，
> 此物最相思。

王维的这四句诗，实在太有名了。时至今时，仍被不断引用，作为情侣之间传递绵绵情思的纽带。不过，以红豆寄托相思之意，并不始于王维。更早的出处在晋代干宝的《搜神记》，文字不长，现录于此——

> 战国宋国韩凭夫妻殉情而死，两家相望，宿昔之间，便有大梓木生于二冢之端，旬日而大盈抱，屈体相就，根交于下，枝错于上。又有鸳鸯雌雄各一，恒栖树上，晨夕不去，交颈悲鸣，音声感人。宋人哀之，遂号其木曰相思树。相思之名，起于此也。

说了这么多，我现在不得不略带遗憾地向读者诸君坦白，上述所引"相思"之红豆，并非本文所言之红豆。本文所言之红豆，乃"赤豆"是也。无论是色泽，还是颗粒大小及形状，老实说，赤豆，皆不及那"相思豆"。

前面已有交代，在我们那一带，红豆、绿豆多借拾边隙地落种，以田埂、圩堤最为常见。

　　田埂、圩堤之上，红豆、绿豆枝叶甚茂，间有豆荚斜挂。其状，不像黄豆荚短而扁，看上去，细且长。待豆荚渐渐转黄，便到了收获时节。连秸拔起，捆好。之后，挑至土场上或是庭院里去晒。几个旺太阳晒过，便可用短木棒、木榔头之类去捶，豆荚开裂，有豆粒儿滚出。红豆朱红，绿豆翠绿，很是悦目。

　　比较起来，黄豆实用性要强于红豆、绿豆。有一点需要交代一下，这黄豆，在我们那儿城里和乡下，叫法各不相同。不像红豆、绿豆那样，城里乡间称谓统一明了。黄豆，结青豆荚时，城里人叫"毛豆"，乡里人则喊着"王豆"。我们那一带的乡亲们，在自家小菜地，抑或隙地拔了青黄豆，采摘收拾停当，便可装进箸子里，上街卖青黄豆荚子。沿街叫起卖来："王豆荚子卖啦……"想买上几斤的街上人，开了门，伸出头，扭着脖子问道："毛豆几毛钱一斤？"

　　卖主自然会给个价，买主必定想压压价，双方一阵讨价还价之后，称去几斤的，有。一斤不称的，也有。

　　这"毛豆"之称，倒好解释。青黄豆荚子未剥壳之前，满壳细毛，挺厚。至于"王豆"之说，则怕是"黄"读走了音所致。我们那里的乡民，接受正规教育者少，"王""黄"不分，大有人在。如此，天长日久，习惯成自然。应该读作"黄豆"的，依旧念"王豆"，无人纠正。

　　青黄豆荚子刚上市，街上人颇喜欢。剥出黄豆米子，或纯烧，或烧豆腐，均是时鲜小菜。青黄豆荚子剥豆米子，以带了豆衣胞的，为最佳。

不过，这青黄豆荚子，还数乡里人有种吃法，很是诱人。现时采摘下来的青黄豆荚子，稍做修剪，连着壳儿用清水洗汰干净，之后，倒入锅中，加适量食盐，清煮。再也不必添加其他佐料，煮熟即可食用。软软的豆荚，嘴唇一抿，豆米粒儿便从壳中挤出，细细咀嚼，嫩，且鲜。这种吃法，纯粹天然。察其豆，甚碧；观其汤，甚清；品其味，甚鲜美。

等到城里人嘴里的"毛豆"叫成了"黄豆"时，黄豆便老矣。

黄豆枯老之后，去壳，便见其圆溜溜、黄灿灿的模样，这时才够得上"名副其实"四个字。老黄豆，多为制作豆腐、百页之原料。制作豆腐、百页，在乡间有专门的所在：豆腐坊。豆腐坊主需在前一天晚上浸好黄豆，翌日大早起来给黄豆去壳，之后，上石磨子磨。磨成生豆浆之后，再上浆锅烧。这当中颇难的一道工序是：点卤。点了卤之后，便可上器具压榨，制作豆腐，抑或百页了。

若是在浆锅点卤前，从浆面上挑起一张"膜儿"，那便是豆制品中之上品也。那"膜儿"，就是悬浮在浆面上的豆油，故而精贵。出售时，是按张数卖的。

每年一进腊月，豆腐坊便忙乎起来。乡亲们多半背了自家地里收的黄豆，让豆腐坊主代加工"作"把豆腐、百页。

这"作"字，似与作坊有关。豆腐坊，在乡间当然是作坊。以"作"为计量单位，由来已久。一作，做三五十斤豆子，能吃上一个正月的，给些加工费，颇合算。我在长篇小说《香河三部曲》的第一部《香河》里，对柳安然家的豆腐坊，对豆腐、百页如何制作，对柳春雨和琴丫头这对恋人如何在香河上卖豆腐、百页的，均有详细的描写。读者诸君，不妨参阅，此处不再详述。

与黄豆形成"主打"地位稍有不同的是，红豆、绿豆在我们那里人们生活中，扮演的是非主打角色。以红豆、绿豆为主要原料制作而成的食品，也多为消闲之物。如若有时间有机会到我老家的县城逛一逛，你会发现：兴化街上副食商店卖的糯米年糕，常见的就有赤豆糕与绿豆糕两种。点心店卖包子，有肉馅的，也有豆沙馅的。把煮熟的红豆，捣成豆泥，便是做豆沙包的馅儿。在我们那儿，寻常百姓家中，也有用豆沙包糖团的习惯。尤其是要过年了，家家蒸团、做糕，总要蒸上几笼赤豆团，用的便是豆沙馅。红豆、绿豆制成食品，松软香甜，家乡人颇喜爱。

红豆、绿豆还是消夏之佳品。"知了在声声叫着夏天"的时候，听凭你棒冰、冰砖地吃个不停，总是难解浑身燥热。这种时节，我们那里的乡亲们，多半在上工前，煮好一大锅红豆粥，抑或绿豆粥，中午回来先喝上两碗，那冰凉的口感，似乎从头一直凉到脚底，好不惬意。

在城里工作的人，则多用红豆、绿豆做成赤豆汤，抑或是绿豆汤。考究的人家，则做成赤豆元宵汤之类。

黄豆，进得城里人的早餐桌，那是将黄豆进行"转化"之后。前几年，中央电视台有一档很火的节目《舌尖上的中国》，其中有一集专门讲食物之转化。这黄豆成为豆腐、百页，也是一种转化。由物到食的转化。在我们那里的县城，城里人将这种转化放在了自家的早餐桌上：自制豆浆。前一天晚上，将需要上磨子的黄豆在小盆里浸泡好，翌日清晨起来，先给黄豆去壳，之后再汰洗干净，一小把一小把地往小石磨的磨眼里装。操作者边装黄豆，边转动小石磨上面磨盘把手，一圈，一圈，再来一圈，有乳白而黏稠的汁液从磨盘间流出，此乃新鲜的豆浆是也。霎时，一股豆香便在房屋内弥漫开来。家中刚起床的孩子，嗅到这香味，便雀跃了："有豆浆喝啰！"

如此得来的豆浆，与摊儿上卖的比起来，味纯，新鲜，实惠。当然不会像摊儿上卖的豆浆，越卖越稀，还有股水腥气。这刻儿，再从邻近的烧饼店，买上几根油条，几只烧饼，一家人喝着自家石磨上磨出的原味豆浆，吃着香脆的油条、香酥的烧饼，真的是美滋滋的。你会觉得，这美好的一天，便是从一碗自制豆浆开始的。

读梁实秋先生的《雅舍谈吃》，读到"豆汁儿"一节，原以为跟我们那里所说的豆浆是一回事，叫豆汁儿，恐怕是北京人喜欢"儿化韵"缘故。细看才发现，非也！这"豆汁儿"跟"豆汁"还真不是一回事。梁先生说："豆汁儿之妙，一在酸，酸中带馊腐的怪味。二在烫，只能吸溜吸溜地喝，不能大口猛灌。三在咸菜的辣，辣得舌尖发麻。越辣越喝，越喝越烫，最后是满头大汗。"他还提及，他小时候是脱光了脊梁喝豆汁儿的。

既然"豆汁儿"与"豆汁"不是一回事，那肯定就不是豆浆了。难怪梁先生感慨："可见在什么地方吃什么东西，勉强不得。"是啊，毕竟梁先生说这番话时，已身处宝岛台湾，而不是北平。

在我们那里，种入大田的豆子，除了黄豆，还有蚕豆。其实，一种作物，选择种植面积的大小，说到底是跟老百姓的需求多少联系在一起的。黄豆，身为豆腐、百页之类豆制品的主要原料，为百姓普遍喜欢，因而种植面积比绿豆、红豆之类要大，也就在情理之中。想来，蚕豆大面积种植也是如此。而颗粒小巧的豌豆，竟能位列世界第四大豆类作物，而我国又是位列加拿大之后的世界第二大豌豆生产国，这倒让我有点儿意外。看起来，豌豆在我们那一带的排名，并不能反映其真实的境况。

种蚕豆，有条播和点播两种方法。条播，就是将豆种均匀地播成长条状，形成"行"的概念。条播需要注意的是，"行"与"行"之间，得保持一定距离。条播的过程，也是"行"和"垄"形成的过程。"行"与"行"之间的土，因为条播，而往"行"中间聚拢而至隆起，"垄"随之形成。"垄"的形成，便于以后的田间管理。农人行走在田垄之上，不致踩踏蚕豆的植株。这种植播方法，速度快，适合在大田成片种植时使用。

20 世纪 80 年代，台湾歌手张明敏曾经有一首歌《垄上行》，很是火过一阵子的。唱着这样一首歌，行走于蚕田之垄上，那定然另有一番体悟和感慨吧？！

蚕豆泼而不骄。对土，对水，对肥，均不甚考究。所谓田间管理，以薅草为主。乡亲们在自家隙地落种蚕豆时，则多用点播之法。先用小锹挖口，之后丢进豆种，覆土，浇水，落种任务便算完成。点播，较条播自由度大。条播时一旦"行"间距确定，就不能随意再变。一块大田，讲究的是方整化，田间作物行间距基本上是一致的，一眼望下来，很有章法，让人置身其间不仅便于劳作，且心情舒畅。如若无章法可循，行间距一乱，那麻烦就会不断。这些，在条播时必须注意。其实，做任何事情都得遵循此理，无章法，抑或不得法，想要把事情办好，难。

点播对行间距的要求，则没有条播时那么严。落种时，可根据实际面积大小，决定点播行距和间距之大小。面积小又想多点，则可将每塘行间距收紧一些；面积尚可又无须多点，这每塘之间的行间距则可放宽一些。当然，蚕豆种植密度也是有一定要求的，过密不利其生长，过稀浪费土地，皆不可取。

豌豆落种，不叫播，不叫种，叫"点"。时令一到，便见乡亲们挎个小篮子，篮内放了豌豆种，外带把小锹，下田。有人问："干活啦？""点豆子。"说的就是点豌豆。

这蚕豆、豌豆，落种之后，仅需浇上几回水，并不用施肥。用不了几日，黑土地便有豆芽露白，渐渐钻出地面，露出几张嫩绿的豆叶来。那嫩绿，那鲜亮，让人见之怦然心动。一群新的生命哦！

霜打雪覆的时光一过，田埂上，圩岸边，抑或大田里，绿茵茵的豆叶丛中，便有豆花开出。那蚕豆花，形似蝴蝶，瓣儿多呈粉色，外翘得挺厉害，似蝶翅；内蕊两侧，则呈黑色，似蝶眼。偶有路人经过，猛一看，似群蝶翩跹其间。与蚕豆叶子相比，豌豆叶子则多出一份轻曼与柔美，其花型与蚕豆仿佛，整体要小些。有洁白、纯白、乳白的；也有鲜红、朱红、粉红的，似更秀气。豌豆复叶而出，颇对称。其茎蔓长长地伸出去，多卷曲，亦似蝴蝶的触角。微风吹拂，豆叶飒飒，同样是一幅群蝶翩跹图。当地有一则小调，借豌豆花、大麦穗说事儿的，颇有些意趣。录于此，与读者诸君分享——

豌豆花儿白，

大麦穗儿黄，

麦田（那个）里呀，

大姑娘会情郎，

哪知来了一阵风啊，

哎哟哟——

哎哟哟——

刮走了姑娘的花衣裳。

在豌豆未开花之前，倒是有一道好菜：炒豌豆头儿。

记得读小学时，有位城里派来的先生（这是我父亲的说法，他是读过几年私塾的，叫起我的老师们，倒是没有"先生"不开口的），是位女性。每天早晨学生进校门，她总要从学生书包里拿到不少嫩豌豆头儿。据说，那是她特别关照的。那时，乡里人好像不吃这个。她说，真傻，好吃着呢！日子长了，学生们悄悄地喊她"嫩豌豆头儿"。从女先生那里才知道，嫩豌豆头儿能吃，且好吃。

豌豆的权头颇多，间着掐些头儿，无什么妨碍。掐豌豆头儿，自然得嫩才好。衡量的标志就是徒手去掐。掐下的豌豆头儿，甬切，洗净，配了细盐、菜油爆炒，一刻儿便好，上得餐桌，碧绿、鲜嫩、清香、爽口。据说，宴席上颇受青睐。这道菜，有两个讲究：一是原料得现采现做，否则不能言"鲜"；二是火功要适宜，起锅要适时，否则，非生即烂，不能言"嫩"。

待得叶丛之中，"蝶儿"不见了，便有嫩嫩蚕豆荚儿、豌豆荚儿结出。嫩豌豆，总是藏在豆荚子里，似待字闺中的少女，轻易不肯露面。故而，家乡一带卖豌豆，是连豌豆荚儿一起卖的。嫩豌豆荚儿刚上市时，挺贵的。可城里人不在乎，图个新鲜。将嫩豌豆去其荚儿，仅用纯豆米子爆炒，炒出的豌豆，绿，嫩，鲜，食之难忘。

嫩豌豆荚儿简述至此，为的是腾出笔墨来，将嫩蚕豆荚儿专门细述一番。

蚕豆花落，叶丛间新结出的嫩蚕豆荚子，颇似一条条"青虫子"蠕动其间。于是，乡里孩子到田野铲猪草时，时常顺手牵羊，干出捉"青虫子"的事来。这样的行为，当然是不允许的。然，我们这些孩子，平时都是被称为细猴子的，调皮得很。干捉"青虫子"这类事情，多背了家长所为。即便有人吵上门来，我们也会把头一歪，言下之意："你逮着了吗？"

其实，铲猪草，烧青豆子吃，不仅我们这些乡间孩子干，就连鲁迅、汪曾祺这样的文豪、名士也干。汪先生曾专门为此著文：

> 我们那时偷吃的是最嫩的蚕豆，也就是长得尚未饱满的，躲在软软的羽叶间，有细细的绒毛，尾巴上尚留些残花，像极了蚕宝宝，只颜色是青的，家乡人有时干脆就戏称其为"青虫子"，摘一条在手里，毛茸茸的，硬软适度，剥开壳——或者也不必剥，只一掰就断了，两三粒翠玉般的嫩蚕豆舒适地躺在软白的海绵里，正呼呼大睡，一挤也就出来了，直接扔入口中，清甜的汁液立刻在口中迸出，新嫩莫名。

汪老回忆了小时候读鲁迅先生《社戏》时的感觉，说："前面浓墨重彩地写与小伙伴游戏、坐船看戏，似乎就是为了衬出后面的偷食蚕豆。"只不过，在鲁迅先生笔下，蚕豆称之为"罗汉豆"。这蚕豆，除了罗汉豆这样的称呼外，还有胡豆、南豆、竖豆、佛豆之谓。据《太平御览》记载，蚕豆是张骞出使西域时带回的豆种，称胡豆，便不奇怪也。倒是那豌豆，有一称呼，叫"国豆"，怪吓人的。是否与我国豌豆产量世界第二有关呢？

汪曾祺先生直接引用了《社戏》里的文字，"真的，一直到现在，我实在再没有吃到那夜似的好豆。"汪先生介绍说，"鲁迅写此文时已近四十了，仍念念不忘，可见思之深切，而在小时读来，也正是这些描写，几乎立刻将鲁迅引以为同类，到现在，鲁迅不少文章已没有兴趣了，但此文仍是自己的最爱之一，每每翻来，都禁不住会心微笑——这大概与自己小时多干过此类事有关。"

阅读十分细心的汪先生，还明确告诉我们，鲁迅那时候所吃的似乎并非最嫩的豆子，而是"乌油油的都是结实的罗汉豆"（鲁迅语），并说，"长结实的蚕豆生吃不行"。这一点，我与汪先生同感。那时候，我们这帮乡里细猴子拾猪草，捉"青虫子"，吃的就是新结出的嫩蚕豆。且我们的做法，似乎比两位大师直接入口，要有趣些。具体过程如下：

在田埂上挖个小坑，架上枯草，找个破碗片儿，放上剥好的青蚕豆。从衣兜里掏出火柴，一点枯草，毕毕剥剥作响，缕缕白烟直升。片刻工夫，草尽豆熟，拣一颗丢进嘴里，烫得丝丝的，也不肯松口。一嚼，热气一冒，豆香随之飘出。于是，你一颗，我一颗，消灭了这些烤熟的"青虫子"。抬头一看，彼此笑闹起来：

> 小小伢子，
> 长黑胡子，
> 娶新娘子。
>
> 丫头片子，

长黑胡子，

出不了门子。

笑闹得时辰不早了，便"轰"到河边，洗去嘴角上的黑灰，背了满筐猪草，回家。

细咸菜烧青蚕豆，是农家餐桌上极易见的。收工回家，临离田头时，从田埂摘上半箩青豆子，回去后，剥好洗净，从坛子里抓上几把细咸菜，混在一起爆炒，待豆子纯碧后，兑水煮上片刻，便可食用。

这道菜极平常，讲究的是青豆子不能老，亦不能过嫩。老了不鲜，过嫩不粉。剥开豆壳，观其芽，以亚黄色为佳。且需现摘，现剥，现做，现吃才好。

平日里，城里人虽说也能吃得上这细咸菜烧青蚕豆。但，那青蚕豆多半是隔了几宿，才上街卖的。所少的，是鲜活之气。

六

我们那一带的农家菜地上，当然远不止我笔下所记述的这些作物，极常见的如韭菜、辣椒、葱蒜、生姜，还有黄瓜之类，本篇均未能详述。

说到黄瓜，到现在我都记着外婆从自家小菜地上随手摘给我的那条嫩黄瓜。那是外婆从外公坟头上摘下来的。其时，我在外婆居住的前面一个村子上读小学五年级，有时候会住在外婆家，省得走一段老长的乡路。留下来和外婆做伴，是我很乐意的。要知道，我一生下来，就被父母亲送给外婆抚养了。母亲生我时也太年轻了一些，喂养她的儿子还不得要领，只有让外婆辛苦一些。外婆一生育有五男四女，九个孩子，抚养我一个当然没什么难得到她的，小菜一碟。

我留在外婆那河边小屋里，与她为伴的时候，有时便会跟随她去小菜地，看外婆给小菜地上的作物浇水，除草，当然也会从小菜地上采摘些茄子，割些韭菜之类回家，款待我这个"大客人"（外婆语）。那一回，外婆随手摘条黄瓜给我，用手掐去尚未脱落的枯花，在衣袖上搓了搓瓜上的癞点子，洗都没洗，直接递给了我。我接过来就是一口，那略带青涩，且清脆的口感，于咀嚼之中滋生出的淡淡甜味，一下子被我记住了。看着小外孙子那个馋样儿，外婆笑着叮嘱，"慢点嚼，别噎着"。

人世沧桑，岁月匆匆。当年陪伴外婆的小外孙，如今已年近花甲。外婆离开我已好多好多年矣。我给她老人家上过坟，也曾给她老人家修过坟。可细细算起来，没有去祭拜她老人家，亦有好多年矣。她的那块小菜地，应该还在吧？不知有没有人打理？会长些什么呢？外公的坟头上，还会不会有嫩黄瓜结出呢？

有个声音在我心底响起，你整天都在忙些什么呢？真的就这么忙吗？！

原载于《中国作家·纪实》2021 年第 5 期

弥漫在生命年轮里

　　每一个生命年轮里的贮藏，千姿百态，千差万别，这应该是常识。然，这并不妨碍我们的生命年轮里，葆有共同的美好与温暖。

　　眼下正值隆冬季节，冬至刚过。当地一句"大冬大似年，家家吃汤圆"，无疑告诉我们，汤圆是冬至日之标配食物。《汉书》中说："冬至阳气起，君道长，故贺。"过了冬至，白昼日益加长，阳气回升，乃一个节气循环之开始，吉日也，应该庆贺。显然，此时的汤圆呈现出的是团圆、美好之意味。古人有诗云："家家捣米做汤圆，知是明朝冬至天。"

　　然，在我童年记忆里，印象最深的却是大年初一吃"糖团"。大年三十晚上，一家人欢天喜地吃好年夜饭之后，便会在堂屋的电灯下，围坐在大桌旁，各自动手，包糖团。

在包糖团之前，我和父亲有一件重要工作要做：敬神。父亲是从旧社会过来的人，又读过几年私塾，自然会讲些旧时的规矩礼。

敬神，主要的祭品是"三呈"：鱼，豆腐，一块猪肉。鱼，多为一条鲫鱼；豆腐，一方整的，不能散；猪肉需在开水锅里"焯"一下，且配有"冒头"和"冒子"。这"冒头"，抑或"冒子"，原本指文之序言，鲁迅先生在《彷徨·孤独者》中有"先说过一大篇冒头，然后引入本题"这样的句子。此处用其引申义，意为不重要的搭配物。这里的"冒头"是一小块猪肉。听父母亲讲，无论什么时候，猪肉不能是一块，一块便是"独肉"，含吃"独食"之义，引之为"毒肉"，不作兴。因而须有"冒头"。"冒头"和"冒子"原本意思相近，这里的"冒子"指拴肉用的草绳。早先便是几根稻草，能拴住肉便行。

此外，酒是少不得的。得是新开的，满瓶酒，白酒。已经开了瓶的酒，再敬神，不恭。一瓶酒，配三盏小酒盅。还有就是黄元、香和烛台。这里的"黄元"，乃敬神专用之物，纸质，绘有神灵图案，因其色黄而得名。

我们家敬神程序多半这样：父亲先洗了脸，在家神柜上摆好敬神所需之物，点燃烛台上的蜡烛，之后手持黄元和香柱，在家神柜前下跪（母亲早备好了软软的草蒲团），作揖，给神上香，敬第一杯酒，每盏略加少许。因敬酒要敬三次，一次添满杯盏，后面难办矣。父亲有的是经验，这样的小环节，自然会考虑周全的。

待三次酒敬过之后，父亲便会点燃黄元和手中一挂小鞭，向家里喊一声："放炮仗啰！听响——"因家中有小孩子，提醒后好让孩子们注意，不至于吓到。怕响的孩子可捂住耳朵。一阵短促的"噼啪"声之后，便是我的"主场"：燃放长鞭，那可是真够长的，两三米总是有的。那"嗞嗞"声过后，一阵长时间、剧烈的鸣响，"噼里啪啦""噼里啪啦"……耳朵被炸得有点儿吃不消呢。且慢，吃不消的还在后头呢！

紧接着，父亲和我一起点燃一种叫"天天炮"的大炮仗，一般是十只，取十全十美之意。我和父亲各点五只。"嘭——啪！""嘭——啪！"只见一束火花直蹿入年三十的夜空，火花四射了，心花怒放了。妹妹们是插不上手的，放这样的"天天炮"有点危险，稍不小心就会受伤。炸伤手，炸伤眼睛的，都有。其时，无现在的连响礼花炮，点一次，响50响,100响，随你选。时代毕竟不同了，禁放鞭炮的呼声越来越高，现在我所居住的城区已彻底禁放矣。

我和父亲敬神放鞭炮时，母亲也没闲着，在进行着一件同样重要的工作：和米粉。米粉，是年前母亲精心准备好的，预备着过年时用的。但最重要的一次，便是大年三十晚上。这米粉，是饭米（顾名思义，平时煮饭之米，多为籼米，较糯米黏性差）和糯米混合而成，和米粉时得考虑其黏稠度。和的过程中，水的分量要恰好，过多，过少，皆不能和出米团（米粉和到一定程度的形态）的最佳状态。米团，讲究的是软硬度、黏稠度，都达到最佳点。说得玄一些，和米粉者，必须掌握米粉的性子，要知其根底，是吃水多，还是吃水少。

而不是仅靠现场看瓷盆里的米团，是烂了，还是硬着。这点儿名堂，当然难不倒母亲。每年都是她想方设法，准备下这过年用的米粉，有时候还到外婆家去"借"。

说是"借"，我从没见"还"过。母亲说，这是外婆的一个策略。外婆生有九个子女，母亲最小，偏爱一些，也正常。那年月，家里宽裕的人家不多，要是舅舅们、姨娘们都到外婆门上，要这要那，外婆再富余，也不够分的。一个"借"字，让他们也就没话说了。其实，在我的印象里，数我母亲对外婆最贴心，最舍得给。"借"，应该源出于此。

这米粉，用的是什么饭米、什么糯米，磨碎而成，配比多少，都在母亲肚子里装着呢！用乡里人说法，一肚子数（意为十分清楚）。和起米粉来，当然得心应手。

母亲和米粉的当口，三个妹妹也没闲着，除了看我和父亲放鞭炮，还有就是，分配大年初一早晨扎辫子的头绳儿，各种颜色。过年当然选红色，但红也好多种呢，大红、粉红、深红、紫红……母亲真够细心的，想着法子让妹妹们开心。当然，这些头绳儿，即使现在不一定全派上用场，也浪费不掉，能用一年呢。想要新的，只能等下一年啰。

妹妹们还会相互比新衣裳的花头，看哪个身上的花头好看。在母亲眼里，姑娘家，还是打扮得花蝴蝶似的，好看，讨喜。所以，过年，父母亲手头再紧，也要给她们买件新衣裳。不一定一身新，但大年初一走出去，让人家一看，浑身都有一股新鲜气。母亲总挂在嘴边一句话："自己的孩子，穿得叫花子似的，做家长的脸也没地方放。大人穿得旧点儿，人家能体谅的。"因此，父母亲很多时候添不了新衣裳。像人们常说的那样，有钱没钱，洗洗过年。在我印象里，父母亲做件新衣是要过几个年的。也就是正月里过年几天穿一下，年一过立马脱下洗净，折叠整齐放回箱子，等待下一个新年。如此，外人看上去，还以为是新添置的。

等到母亲把和好的米团端到堂屋的大桌子上时，一家大小都围拢过来，共同完成一件最最重要的工作：包糖团。

这时候，父亲已又一次洗手，拿出糖罐子、芝麻罐子，准备做包糖团需要的馅儿。糖团的馅儿，在我们家有两种：一种是直接放糖包的，多为红糖馅儿；另一种是将芝麻捣烂成粉末状，和红糖混在一起，制成芝麻红糖馅儿。这芝麻红糖馅儿，比起红糖馅儿，更多一层芝麻香。我们家包糖团，有趣的是妹妹们。她们仨总是要比试包糖团手艺的高低，有意在自己包的糖团上做记号，好在第二天早上，父亲下糖团时做个终裁。

一盏灯照着，一家人团团地围着，开心地说笑着，并不影响手里包糖团的活儿。这便是一年中最快活的时光。包着包着，外面下起了鹅毛大雪，纷纷扬扬，飘飘荡荡。不用多会儿，白了天，白了地，白了树权，白了村庄。父亲朝门外望了望，说："这是瑞雪，好着呢。"

是啊，瑞雪兆丰年。庄稼人，能盼上一个好年景，比什么都重要。可，我和妹妹们惦记着重要的事，是大年初一早晨，烧开水，下糖团。

在我们家，这道程序多数时候是由父母亲来完成的。大年三十晚上，一夜的兴奋，年初一早晨，我的妹妹们都迟迟起不来。这样的时候，母亲会先给我倒杯红糖茶，让我吃点儿京果、云片糕之类。等到她们仨都起来，相互拜了年（说几句祝福的吉祥之语，并不真的拜），之后，逸事逸当，一家人团坐到大桌上喝茶、吃糖团。这糖团，咬在嘴里黏滋滋，甜津津。真的好吃。

过年吃糖团，团团圆圆的意思，大吉大利。

大年初一少不了糖团，五月初五则少不了粽子。农历五月初五，乃端午节是也。据闻一多先生考证，端午的起源，是中国古代南方古越族举行图腾祭的节日，比纪念屈原氏更早。虽然，端午节并非为纪念屈原而设立，但是端午节之后的一些习俗显然融进了纪念屈原的元素。在这样一个特殊的日子，诗人们也会奉上一份缅怀——

"国亡身殒今何有，只留离骚在世间。"这是宋人张耒的悲切；"年年端午风兼雨，似为屈原陈昔冤。"这是南宋赵藩的不平；"屈子冤魂终古在，楚乡遗俗至今留。"这是明代边贡的思念。

在我的故乡，虽然当地百姓不一定都知道屈原其人，但一提到"三闾大夫"是楚国人，心里头便亲近起来。我们那地方，很久很久之前，曾是楚将昭阳之食邑，当然属楚。至今，我们那儿还保留着"楚水"的别称，亦算是对昭阳将军的怀念吧！

过端午节，除了划龙舟这种大型户外纪念活动外，家家户户门口要挂上菖蒲、艾草叶，以求驱鬼避害，家庭和顺；小孩子手上、脚上，要佩戴五色"百索"，以求祛邪免灾，保佑平安；大人中午一定要喝几杯"雄黄酒"，以求祛邪扶正，去病强身。

汪曾祺先生在他散文《端午节的鸭蛋》中，有这样的描述："喝雄黄酒。用酒和的雄黄在孩子的额头上画一个王字，这是很多地方都有的。"与"雄黄酒"相配的，当天中午的菜品也有讲究，需"五红""五黄"。"五红"通常是烤鸭、苋菜、红油鸭蛋、龙虾、雄黄酒；五黄分别是烧黄鱼、烧黄鳝、拌黄瓜、咸蛋黄、雄黄酒。据说端午节吃了这"五红""五黄"，整个夏天便可驱五毒、避酷暑。凡此等等，不一一细述。这当中，自然少不了一样重要食品：粽子。

传说屈原投江后，他家乡的民众害怕龙鱼吃了先生的身体，纷纷裹粽子投入江中，任由龙鱼吞食，以此避免屈原身体受伤害。这样裹粽子的习俗，就一年一年延续了下来。粽子也成了人们生活当中的一道美食。

唐代诗人元稹"彩缕碧筠粽，香粳白玉团"之句，状写的是粽子的形状和味道。同样是唐代，温庭筠的"盘斗九子粽，欧擎五云浆"则描绘了粽子的大小和品质。宋代陆游的"盘中共解青菰粽，衰甚将簪艾一枝"，道出了那时已有"以艾叶浸米裹之"的"艾香粽子"。大文豪苏东坡，尤喜食粽，品尝了馅中藏有蜜饯的粽子之后，留下了"时于粽里得杨梅"的诗句。清代林苏门的"一串穿成粽，名传角黍通。豚蒸和粳米，白腻透纤红。细箬轻轻裹，浓香粒粒融。兰江腌醢贵，知味易牙同。"则写尽了火腿肉粽之妙。

粽箬，天生是和"端午节"拴在一起的。因为"端午节"，这粽箬才有了用武之地：裹粽子。

故乡上好的粽箬，大多生长在肥沃的荡里。这样的荡子，我们多半直呼之为"芦苇荡"。因其芦苇繁盛之故，而完全忽略了其他物种之存在。

芦苇荡，多淤泥，水生植物丰富，很是适合芦苇生长。尤其是盐柴，生长在芦苇荡，其芦苇子更是肥美，杆儿粗粗的，苇叶儿阔阔的。五月端午节前，便有姑娘媳妇，三三两两，划了小船到荡子里来打粽箬。碰上这样肥美的粽箬，这些姑娘媳妇会开心一整天呢。

粽箬从芦苇秆上打下之后，需一把一把的，扎好，放到箩筐里，之后，到城里街上去卖。在家乡，卖粽箬，多是女子所为，且不是一人独做。而是三五个甚至十来个女子，搭成帮，划了小木船进城。

端午节前的县城，卖粽箬的女子，随处可见。时不时地，有女子亮开嗓子吆喝起来：

"卖——粽箬咯——"

"卖——粽箬咯——"

那嗓音儿脆甜甜的，软酥酥的，叫人流连。

在民众心目中，对中秋节的重视程度，似乎要超过端午节。难怪说，中秋节是仅次于春节的第二大民间节庆。最早出现于《周礼》的"中秋"一词，到唐代才成为固定节日。

《唐书·太宗记》就有"八月十五中秋节"之记载。

中秋节，成为万家团圆的节日，一个重要的角色闪亮登场：月饼。田汝成在《西湖游览志余》中说："八月十五谓之中秋，民间又以月饼相遗，取团圆之义。"

电影《啊，摇篮》中有一首红歌《爷爷为我打月饼》，抒写的是"我"与红军爷爷之间的真挚情感。其旋律轻快活泼，词儿也明白晓畅。不妨将歌词抄录如下——

> 八月十五月儿明呀，爷爷为我打月饼呀，月饼圆圆甜又香啊，一块月饼一片情啊。爷爷是个老红军哪，爷爷待我亲又亲哪，我为爷爷唱歌谣啊，献给爷爷一片心哪。

成为糕点之后的月饼，其内馅多采用植物性原料种子，诸如核桃仁、杏仁、芝麻仁、瓜子、山楂、莲蓉、红小豆、枣泥之类，对人体自然具有一定的保健功效。清人袁枚《随园食单》对月饼亦有介绍："酥皮月饼，以松仁、核桃仁、瓜子仁和冰糖、猪油作馅，食之不觉甜而香松柔腻，迥异寻常。"

然，"西点东进"之后，国人所青睐的月饼似乎在走着"下坡路"。无怪乎，中华文化促进会糕饼文化委员会于2018年中秋之际，推出了"国饼十佳"评选，其用意就在于倡导中国传统糕点的复兴。吾邑"红五星"食品企业产品"月宫饼"在此次评选中，荣获"国饼十佳"之美誉，确实让我在心生"举头望明月""千里共婵娟"之幽思时，有了凭借之物。

　　四季轮回，秋去冬来。一进腊月，腊八节便成了我们儿时的期盼。腊月初八，过腊八节，吃腊八粥，由来久矣。

　　粥，原本属众生日常所需寻常之物，因为附着了多重文化意味、精神内涵，而变得如此风靡，传播之久，扩散之广，演绎出一场又一场关于"粥"的传奇，实在是令人惊叹。对于一种食品作如此包装，如此推广，依我看，可谓空前绝后是也。这真是一个值得商家去研究总结的商业案例。

　　腊八粥当然是时令的产物。吃腊八粥，当然是在腊月初八这一天。那么，腊月初八这一天，又为何要吃腊八粥呢？

　　从先秦起，腊八节就是用来祭祀祖先和神灵、祈求丰收和吉祥的。吃腊八粥的风俗，在宋代已十分风行。每逢腊八这一天，从皇城汴梁，到地方各官府；从名刹古寺，到黎民百姓家中，都要做腊八粥。试想，那是怎样的一个壮阔场景？整个大宋，几百万平方公里的疆域之内，数以万计的人们，在腊月初八这一天，都在干一件事：喝粥。那一场关于"粥"的盛事，不知要上演多少故事！

　　明《永乐大典》记述的是吃粥的另外一个庞大群体：僧侣。"是月八日，禅家谓之腊八日，煮经糟粥以供佛饭僧。"据说，腊月初八，是佛祖悟道之日。各大寺庙除了作浴佛会，诵经，还要送"七宝五味粥与门徒"。这"七宝五味粥"，便是腊八粥，也称"佛粥"。

在吃腊八粥这个问题上，历朝之中，数清朝对皇族中人要求最为具体到位。朝廷规定，从当今皇帝开始，到皇后、皇子，都要向本朝文武大臣、侍从宫女赐送腊八粥，同时，向各寺院发放熬制腊八粥所需的米、果之类物品。雍正三年，世宗皇帝爱新觉罗·胤禛曾下令，每逢腊月初八，在雍和宫内万福阁等处，熬煮腊八粥，请喇嘛僧人前来诵经，然后将粥分给各王公大臣，品尝食用，以度节日。皇上都做得这样认真，还怕下面官吏不奉行吗？要知道，在中国，上行下效历史久矣。

在民间，也有将腊八粥抛洒在庭院的院门、篱笆、柴垛之上的习俗，以祭祀五谷之神，祈求来年风调雨顺、五谷丰登。亲朋好友之间，也会将腊八粥拿来相互馈赠。有宋代诗人陆游诗句为证："今朝佛粥更相馈，反觉江村节物新。"

由此看来，这腊八粥，肯定是品种繁多，不然亲友之间还赠送个什么意思咿？还真的是这样，腊八粥所配食物十分丰富，每一不同食物组合，其熬煮出来的粥，风味自然不同。据《燕京岁时记·腊八粥》记载："腊八粥者，用黄米、白米、江米、小米、菱角米、栗子、红豇豆、去皮枣泥等，开水煮熟，外用染红桃仁、杏仁、瓜子、花生、榛穰、松子及白糖、红糖、琐琐葡萄，以作点染。"这从沈从文先生的散文《腊八粥》一文中，同样可以得到佐证——

　　初学喊爸爸的小孩子，会出门叫洋车了的大孩子，嘴巴上长了许多白胡子的老孩子，提到腊八粥，谁不是嘴上就立时生一种甜甜的腻腻的感觉呢。把小米、饭豆、枣、栗、白糖、花生仁合拢来，糊糊涂涂煮成一锅，让它在锅中叹气似的沸腾着，单看它那欢气样儿，闻闻那种香味，就够咽三口以上的唾沫了，何况是，大碗大碗地装着，大匙大匙朝嘴里塞灌呢！

沈先生在文中将腊八粥之配料交代得非常清楚。因为物种实在是太多了，所以沈先生认为这煮的过程，是"糊糊涂涂"煮成的。因多种食物杂合一锅，才会有"叹气似的沸腾着"这样的情形出现。沈先生的文章距今，亦已过去半个多世纪矣，然，腊八粥的做法，腊八粥的风俗，似乎没有太多的改变。

在我儿时的记忆里，一进腊月便掰指头数日子矣。何为？盼过年吗？不。离过年尚有一段时光呢，盼腊八！一到阴历腊月初八，这一天晚上，我们那里乡下也是家家户户都煮腊八粥的。吃上用红枣、花生米、黄豆、红豆、绿豆、胡萝卜等多种食物熬煮而成的腊八粥，香喷喷，甜滋滋，颇解馋的。吃了太多的粞子饭、苋菜馅的肚子，忽然有一天能吃上像腊八粥这样的美味，实属难得。农家孩子，盼"腊八"，吃"腊八"，忘不了"腊八"，不奇怪。

知道腊八粥能"益气、生津、益脾胃、治虚寒"，是吃了好多年腊八粥以后的事了。各种风味独特，且药用价值不同的腊八粥，颇多。诸如，防脚气病的米皮糠粥，防高血压的胡萝卜粥，防心血管病的玉米粥，治胃寒腹痛的生姜粥，治失眠的莲子粥，补血小板的花生粥，补肝的枸杞粥，等等。真可谓举不胜举。

毕竟与早年间不同了，如今的孩子，不论城里的，还是乡里的，要吃腊八粥，不一定等到腊月初八了。家中各种果点皆有，说煮就煮。更方便的，煮都免了，直接到副食品商场买它一两瓶，开瓶就吃。

偶或，尝过一回，总不似儿时家中煮出的香醇。

糖团、粽子也好，月饼、黏炒饼，以及腊八粥也罢，在现在的孩子眼里，皆为寻常食物，早就远离"稀奇"二字，并不一定只在某个特定的节令里出现。这样一来，孩子们与这些食物的亲近程度，自然要大打折扣矣。

尽管如此，我还是要坦诚地告诉现在的孩子们，在你们父辈，噢，不，应该是祖辈才对！在你们的祖辈心底，糖团、粽子也好，月饼、黏炒饼，以及腊八粥也罢，它们皆以其迷人的芳香，弥漫在祖辈们的生命年轮里，与那些独具魅力的民间节日一起，滋生出一份独特的温暖与美好！我私下里想，怎样才能让这份芳香，在你们的生命年轮里弥漫呢？从而，温暖着你们，美好着你们，一个又一个，一代又一代，绵延不绝。

原载于《山东文学》2021 年第 2 期